Bibliografische Information der Deutschen Nationalbibliothek: Die Deutsche Nationalbibliothek verzeichnet diese Publikation in der Deutschen Nationalbibliografie; detaillierte bibliografische Daten sind im Internet über dnb.d-nb.de abrufbar.

TWENTYSIX
Eine Marke der Books on Demand GmbH

Herstellung und Verlag:
BoD – Books on Demand, Norderstedt

© 2021 Gila Norman

Der Copyright-Vermerk
Der Vermerk besteht aus dem Jahr der Veröffentlichung und dem Inhaber der Rechte

Die ISBN: 9 783740 780777

Für Linda-Angelina

Gila Norman
Cotton House
Roman

Benni, ein Schulfreund des Zeitzeugen Jaques erinnert sich wie in einem déjà-vu Erlebnis an die Rezession der zwanziger Jahre, als sein Vater sein Vermögen in die Schweiz brachte, was ihm heute zugutekommt. Mit dem alten Jaques, der dicken Thilda, dem Macho Harrie und der eingebildeten Isabell vergnügt er sich während eines Ausflugs mit seiner Jacht nach Mustique. Sie verbringen entspannte Tage auf der Privatinsel der kleinen Antillen, die auch als Steuerparadies für Prominenz bekannt und frei von Corona ist.
Auch im Jahr 2021 gibt es keine COVID 19 Fälle.

Der Kontakt zu deutschen Einwanderern in der Karibik inspirierte die Autorin zu einer ausführlichen Darstellung. Sie plauderte mit zwei Zeitzeugen über beliebte Ferienplätze auf diesem Planeten.

Die Handlung ist frei erfunden, orientiert sich aber an historischen Ereignissen und Personen, die sich zum Zeitpunkt der geschichtlichen Geschehnisse im öffentlichen Leben befanden. Die Charaktere sind überwiegend frei erfunden. Einige basieren auf Personen des öffentlichen Lebens, spielen aber nur Rollen in einem fiktiven Szenario. Die reale Geschichte wurde als Ausgangspunkt für die kreative Romanfindung zugrunde gelegt.

Das Werk ist urheberrechtlich geschützt. Sämtliche auch auszugsweise Verwertungen bleiben vorbehalten.

Handelnde Personen

Die Künstlerkreise

Jacob Blumental geb.1900 war ein launischer Opernsänger.
Golda? Oder Lilian Harvey? Jacobs neue Flamme ermöglichte ihm die Überfahrt nach Hispaniola. Er lernte sie während seines Engagements in Èvian-les-Bains am Genfersee kennen.
Ruth Blumental seine Ehefrau hatte ihn einige Monate zuvor verlassen.
Miron, wurde Ruths neuer Liebhaber. Beide wanderten neunzehnhundertneununddreißig auf der ‚St. Louis' mit unbekanntem Ziel aus.

Die Familie Bänkers

Aron Kirschenbaum geb. 1900 Der Bänker hatte es verstanden, sein Vermögen zusammenzuhalten. Sein Sohn Benni und Jaques waren Schulfreunde.

Kinder der Künstler und Bänker

Jacques Blumental geb.1926 Jacobs Sohn erzählt als Zeitzeuge die Ereignisse chronologisch aus der Retrospektive. Er lebt auf Hispaniola.
Martha geb. 1926 seine Ehefrau. Sie starb, als Johannes noch klein war.
Benni Kirschenbaum geb. 1926 ist wohlhabend. Im Jahr 2020 lädt er seinen Schulfreund Jaques, den Ich-Erzähler, Thilda, Harrie und Isabell auf seiner Jacht ein. Sie fahren zu der Karibikinsel Mustique, wo noch kein Corona herrscht. Bei einem guten Wein tauchen die zwei Alten ein in ein Leben, das ihr Schicksal geprägt hat. Ein déjà-vu Erlebnis des Reichtums auf der Privatinsel der südlichen Antillen lässt ihn Eintauchen in eine vergangene Zeit, die es ihm ermöglichte zu einem derzeitigen Reichtum zu gelangen, um sich und seine Freunde zu diesem exorbitanten Ort einzuladen.

Enkel und Freunde

Johannes Blumental geb. 1946 Sohn von Jaques und Martha wanderte nach USA aus.

Thilda della Fontes geb. 1960 kam einmal wöchentlich mit frischen Früchten. Sie wurde die Geliebte von Johannes. Auch Jaques, der Zeitzeuge hatte ein Auge auf sie geworfen. Thilda wurde schwanger mit Harrie.

Harrie della Fontes wurde 1981 geboren.

Harrie, Isabell, Martha,
Jaques und Benni

Im Jahr 2020 fängt Harrie einen Flirt mit Isabell an.

Isabell geb. 1981 sitzt seit Ausbruch der Coronakrise auf Hispaniola fest. Sie ist Harries Freundin geworden. Benni lädt auf seine Jacht zu einer Vergnügungsfahrt auf seine Azimut 62 fly ein. Top speed liegt bei 33 Knoten. Mustique ist frei von Corona.

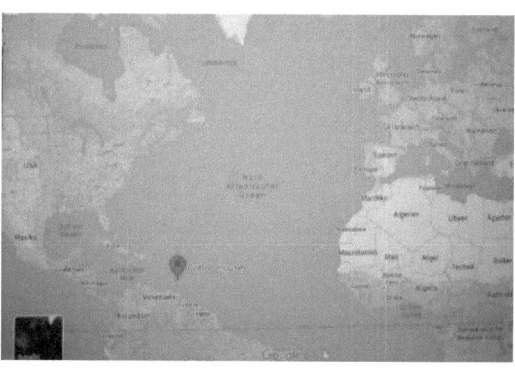

Mustique

Der auktoriale Erzähler bedient sich unterschiedlicher Erzählstrukturen.
Als Zeitzeuge beginnt er in der personalen Ich-Erzähler Rolle.
Distanziert sich.
Er wechselt in den personalen Erzähler.
Gibt ab an die Ich-Erzählerin, die über ihn als Zeitzeugen berichtet.

Prolog

„Sie sind giftig" rief er mir hinterher. Aber ich wollte es nicht hören. In meinem pubertären Alter wollte ich erforschen, wie sie reagieren. Vater hasste es, wenn ich es versuchte, eines dieser langen schwarzen Ungeheuer mit einem Stock anzutippen. Sie kringelten sich um die Stängel der Palmenblätter, die noch nicht ihre wirkliche Höhe erreicht hatten.
„Ihr Biss ist gefährlich!" Brüllte er mich an.
Wirklich gefährlich dahingegen war unser Zuhause auf der anderen Seite des Atlantiks.
Die goldenen Zwanziger Jahre waren längst vorbei. Ich war dreizehn Jahre alt, alles erschien mir und meinem Freund Benni bedrohlich. Wir spielten Fußball auf der Straße, Benni klammerte sich am Ball fest, war nicht in der Lage seine Bedrückung in irgendeiner Form zu benennen. Nonverbal ließen wir unser gespaltenes Innenleben am Ball aus, der mit großer Wucht manches kaputt zu hauen vermochte. Zuhause gab ein falsches Wort mitunter schon eine Backpfeife. Erklärungen gab es nicht. Still sein war angesagt. Eine Flunkerwelt braute sich zusammen. Zunehmend unangenehmer wurde es in den dreißiger Jahren und schon damals erkannte mein Vater Jacob die Fratze in der Seifenblase. Es blieb uns keine andere Wahl, als wegzuziehen.
Auszuwandern, hieß es, gen Westen in dieses Bermuda Dreieck, das bekannt ist für seine Wirbelstürme und Irrfahrten einstiger Entdecker des südlichen Kontinents.
Auszuwandern in dieses Tropenparadies. Hier waren wir aufgrund unserer hellen Hautfarbe sehr willkommen bei einem haitianischen Ministerpräsidenten, der seine dunkle Haut mit Puder aufhellte.
Heute mit fast hundert Jahren berauscht mich der Anblick des Meeres jeden Tag aufs Neue. Die warmen Luftströme mit

hohem Salzgehalt fließen tief in mich hinein. Vielleicht ist es genau das was mich so lange auf diesem Planeten verweilen lässt. Die hochgewachsenen Palmen beherbergen nicht nur weite Blätter, auch heute noch verirren sich die Schlangen unter die breit gefächerten Kronen. Jetzt interessieren sie mich nicht mehr, sie dürfen sich dort um die Zweige kringeln, so viel sie wollen. Für mich sind sie nicht mehr gefährlich. Mitunter erwische ich Harrie, wie er mit einem langen Bambusrohr versucht, in die Spitzen zu stochern, aber die schwindelnde Höhe ist unerreichbar.
Hier lebe ich mit einem Enkel Harrie, der mir zunehmend ähnlicher wird, wenn ich ihn im Umgang mit seiner neuen Freundin beobachte. Es ist, als ziehe sich ein roter Faden durch unsere Machogeschichte. Erinnerungen von Vaters Staralüren blitzen mir durch den Kopf. Soll ich etwa auch mal so gewesen sein wie dieser Tenorsänger Jacob? Er ließ nichts ‚anbrennen', so habe ich ihn im Gedächtnis behalten als damals dreizehnjähriger pubertärer Knabe. Dass Mutter ihn mit einem Pianisten durchgebrannt war, konnte er nie verwinden. Er erzählte mir, sie sei ausgewandert nach Kuba, in diesen Sündenpfuhl. Zusammen mit diesem Klavierklimperer. Sie ist aber nie angekommen. Nie! Nirgends! Nur ER! Diese Geschichte erzählte er mir von morgens bis abends in ständig neuen Versionen. Harries derart ausgeprägten Merkmale erinnern mich täglich an meinen Vater. Er ist genauso von sich eingenommen. Jetzt im Umgang mit Isabell drängt die Zeit von vor achtzig Jahren bildlich vor mein drittes Auge, wenn ich sehe wie Harrie sich gebärdet, um an Isabell ranzukommen.
„Sie wird über dich berichten."
„Ach"
„Ihre Airline ist bankrott. Sie bleibt hier, wegen mir."
Wie eingebildet er ist, fällt mir dazu ein, bin aber still.

Aber dass ICH der Protagonist bin, aufgrund meines biblischen Alters, macht mich dann doch sehr stolz.

„Sie hat schon eine Menge Infos von mir erhalten."

„Aha, Isabell schrieb also schon über mich, bevor sie mich kennenlernte?"

So interessant bin ich also. Der Gedanke macht mich stolz, sehr stolz und jetzt frag ich mich, wer ist am meisten von sich eingenommen. Von wem hat Harrie das? Manchmal denk ich der ist ja in sich selbst verliebt. Das war ich wohl auch. Und Jacob erst recht.

Das Zugeständnis, mich in Harrie selbst wiederzuerkennen, hat lange gedauert. Dieser eingebildete Fatzke. Diese auffallende Gestalt.

Jacob, Jaques und Harrie sind drei Generationen, die ihre traditionellen Bilder der männlichen Rolle stets unter Beweis stellen müssen, so würde Isabell uns beschreiben.

2020

Am Pool Isabell trifft Harrie
Isabell sitzt auf dieser Karibikinsel fest. Ein Virus breitet sich global aus. Flüge werden umgeleitet. Fluggesellschaften stehen der Bankrott bevor.

Am Hotel Pool notiert Isabell in Stichworten die Infos, die sie von Harrie über seinen Großvater erhalten hatte. Sie ist konzentriert auf ihre Notizen, sie sind abgegrabbelt mit Eselsohren an den äußeren Stellen. Manche Zeilen sind gelb markiert. Dann wieder ganze Passagen durchgestrichen. Unübersichtlich und strukturlos liegt ein Berg Papier vor ihr, bis ein Windstoß dafür sorgt, mehrere lose Seiten vom Tisch zu wehen. Vertieft in ihre Notizen und gerade noch die letzten davonwehenden Blätter zu retten machen sich ihre übrigen festgehaltenen Gedanken davon. Einige fängt der junge Mann auf. Legt sie auf den Stapel, packt einen leeren Aschenbecher drauf und in diesem Moment blickt Isabell auf. Sie will sich gerade beim Kellner bedanken, der wie sie glaubt, ihr zur Hilfe gekommen zu sein.
Sie erblickt Harrie. Ihr Ausdruck erhellt sich. Die eben noch angespannte Stirnfalte lockert sich. Weit geöffnete helle Augen erkennen Harrie, der plötzlich neben ihr steht, als hätte sie ihn herbeigedacht. Angenehm überrascht betrachtet er ihr wehendes Haar, das ihrem äußeren eine andere Ausstrahlung verleiht als dieses zum langweiligen Pferdeschwanz zusammengebundenen Teil passend zur Uniform. Alle sehen gleich aus, nicht nur weil sie an Bord Uniform tragen, sondern alle tragen einen zusammengeknoteten Dutt oder Schwanz. Aber hier mit ihrer leicht gelockten seidigen hellen Mähne wirkt sie weiblicher. Er erinnert sich an das schwarze Kajal. Auch das

machen alle weiblichen Flugbegleiter gleich. Alle bemalen sich als stehe ihnen ein öffentlicher Auftritt bevor. Wimpern lang wie Fliegenbeine werden zu kleinen Drahtseilen, die sich bis zu den Augenbrauen hoch bewegen. Sie sehen alle gleich aus, wie Schaufensterpuppen. All das hat Isabell jetzt weggelassen und ohne diese vielen Farben der Kosmetikindustrie erscheint sie natürlich und frisch. Während er sie so mustert, wie ein Schüler in der ersten Tanzstunde, blickt Isabell zu Harrie auf. Die Überraschung, ihn anstelle des Kellners hat ihr angestrengtes Denken in einen strahlenden Ausdruck verwandelt. Dieser hübsche Kerl von vis-à-vis aus dem Flieger geht ihr dabei durch den Kopf. Er baut sich richtig auf. Braucht er doch gar nicht, ist doch so hoch-gewachsen.
„Ich konnte mir denken, dass Sie hier sind, Crews steigen immer in schönen Hotels ab. Hier ist es auch ganz schön. Sosúa gehört zu den wenigen touristischen Orten, die nicht nur aus 'All Inclusive' Anlagen bestehen. Es hat einen Ort mit Geschäften, jede Menge Restaurants und Bars. Gilt auch als Single-Treff." Blickt sich um, „den Strand schon gesehen?"

„Bin grad erst aufgestanden". Die eben noch umhergeflogenen Notizen verschwinden jetzt zusammengerollt in Isabells Strandtasche. Ihre Gedanken nicht weiter zu strapazieren, lässt sie sich gern überreden, den Strand zu erkunden.

Harrie braucht nicht viel Überredungskunst, um an einer Strandbar halt zu machen.
„Eigentlich wäre ich schon wieder zuhause. So oft kommt das auch nicht vor, dass der Flieger wieder umkehrt.

Sie mustert ihn. Normalerweise würde sie einen Typen jetzt in ein Gespräch verwickeln. Zu mindestens in einen Smalltalk. Aber irgendwie verunsichert sie dieser hochgewachsene Schlaks, der gar nichts machen braucht. Die Frauen stehen einfach auf solche Typen und das weiß er. Der Barkeeper guckt die beiden fragend an,
„Cuba Libre" gibt sie wie aus der Pistole geschossen zur Antwort,
„das ist das Einzige, was ich kenne," überwindet sich dann zu „ich bin Isabell", - ein zähflüssiger Flirt bahnt sich an
„du weißt ja schon, wie ich heiße und wo ich wohne",
„ich hab's nicht mehr im Kopf", spinnt sie
„Harrie"
„klar..., - bist du auch so musikalisch wie dein Namensfetter?"
„Klarinette - nur noch nicht so bekannt."
An Selbstbewusstsein fehlt es ihm wirklich nicht, er weiß um seine Wirkung auf Frauen.
„Was hast du eigentlich vor in München?"
Seine Finger tanzen auf der Bar, womit er ihr das Gefühl vermittelt, mit der Tür ins Haus gefallen zu sein.
„Mein Großvater hat mich neugierig auf die deutschen Frauen gemacht. Er kommt aus Deutschland."
„Daher das gute Deutsch."
„Er lebt in Sosúa, genau gesagt eigentlich schon immer. Aber zuhause wurde deutsch gesprochen."
Mit dem ersten Glas Cuba Libre hat Isabell ihre Schüchternheit überwunden. Der Alkohol zeigt seine Wirkung und schaltet das Über-Ich aus und es ist, als sei sie von jetzt auf nachher völlig enthemmt. Lässt den Blickkontakt zu. Einen Blickkontakt, der weit in ihr Inneres eindringt und ein wohliges

Bauchgefühl auslöst. - Es sind die Augen. Tiefdunkel. Sie strahlen Wärme aus oder ist es Erotik? Beides.
Beide rennen ins Meer, um sich abzukühlen. Isabell blickt um sich. Harrie taucht erst eine Weile später viel weiter im tiefen Wasser wieder auf.
„Was ist?? Kannst du nicht schwimmen?"
Der ist verrückt, lacht sie vor sich hin und schwimmt ihm in langen korrekten Zügen entgegen.
„Sag' mal, - dein Opa oder Großvater - wie immer du ihn nennst, wie alt ist der?"
„Uralt. Ab Neunzig hat er aufgehört zu zählen. Er ist als pubertärer Jüngling hierhergekommen."
„Meine Blätter, die du vorhin im Hotel aufgesammelt hattest. - Ach vergiss es."
„Wieso, was war mit den Blättern. - Du dachtest ich bin der Kellner, der deine Notizen aufhebt."
„Richtig. Du bist nicht der Kellner. Aber vielleicht der Enkel eines Zeitzeugen."
Er schmeißt ihr eine Ladung Wasser ins Gesicht:
„Und ich dachte die ganze Zeit, du seist an mir interessiert? - Du brauchst ‚ne Story? Richtig?"
„Richtig, aber du gefällst mir ..."
wirklich wollte sie noch sagen, aber in dem Moment er zieht ihr die Füße unter den Beinen weg, sie taucht unter, nachdem sie wiederaufgetaucht ist, war er verschwunden.
„Komischer Typ", denkt sie, dann sieht sie ihn an der Strandbar warten.
„Er ist ein Zeitzeuge. Stimmts?"

„Richtig! Das ist doch momentan ein heißes Thema. Ich sagte doch schon, mein Großvater wird dir alles erzählen. Er war zur richtigen Zeit am richtigen Ort."
„Warum hast du mir die Füße weggezogen!"
„Wollt' nur mal sehn wie du reagierst."
Jetzt schüttet er seinen Drink in einem großen Schluck in sich hinein und fährt fort:
„Und für die Story, als er Golda traf, könnte ich dir einen Eimer Wasser über den Kopf gießen."
Plötzlich wird sie wieder ganz nüchtern. Jetzt wird er blöd. - Der denkt, Journalisten tun alles, um für ne gute Story zu recherchieren, ärgert sich, diesen Typ in keiner Form einschätzen zu können.
„Du bist wirklich leicht zu verunsichern."
Harrie stellt gibt sein Glas zurück, klemmt einen Schein unter seinen Drink und legt versöhnlich seinen Arm um Isabell.
„Weißt du, mein Großvater - also dein Zeitzeuge, nach dem du suchst - der war der Sohn eines Sängers."
„Ich such gaarniix!"
„Ich weiß ... aber dieser Sänger - eigentlich war er Opernsänger - der hat die Golda Meir in Èvian kennengelernt. Er hatte sie mit seiner Stimme betört. Und diese Musikalität blieb uns erhalten."
„Dieser eingebildete Knochen," denkt Isabell, aber sie kann sich nicht wehren. Sie kommen sich näher und näher.
Und endlich können sie miteinander sprechen, wie zwei erwachsene Menschen. Das Eis ist gebrochen.

Den feinsandigen Strand entlang, den kleinen Fluss hinauf, der als Rinnsal im Meer landet heißt es für Isabell 'Füße aufheben'.

„Der Alte dahinten ist Jaques mein Opa. Er geht hier immer angeln." Der Alte erkennt Harrie und traut seinen Augen nicht. Füße aufheben, hat ihre Mutter sie schon immer ermahnt. Vor lauter Hölzchen und Stöckchen, dazwischen Palmenwedeln ist die Angelleine so gut wie unsichtbar. Eine frische Meeresbrise zieht kleine krause Wellen über die Flussmündung.

"Vorsicht, junge Frau mit den Gedanken wohl ganz woanders? Manchmal denke ich, alte Leute sieht man nicht mehr. Aber sie gehören zum Fluss des Lebens, alles fließt an dir vorbei, wenn du es fließen lässt, wirst du von dem Fluss getragen. Er trägt dich durch Veränderungen hindurch. Du musst ihm nur vertrauen." - „Ach. Schlau." Harrie verdreht die Augen.

Die Leine hat sich am Klettverschluss von Isabells Turnschuh verhakt.

„Ja stimmt. Es ist die Gedankenlosigkeit, aber mir fehlt der regelmäßige Schlaf. In meinem Beruf gibt es keine geregelten Zeiten."

„Kenn ich gut." An seiner Leine hat ein undefinierbarer kleiner Fisch angebissen. Isabell ist genervt von der anstrengenden Arbeitszeit. Diese ewige Müdigkeit und das Durcheinander der Zeitzonen, die mitunter wöchentlich durchflogen werden, macht ihr sehr zu schaffen. Mal sind es plus acht Stunden, dann wiederum minus zehn Stunden, wenn es nach Fernost geht. Und eigentlich sollte sie jetzt schon wieder zuhause in München sein. Aber dieses Mal war alles anders. Zuhause in München wurde sie aus dem Bereitschaftsdienst herausgeholt, um für eine Kollegin in die Karibik zu fliegen. Und gestern, als sie sich auf dem Heimflug befand, versagte unmittelbar beim Start ein Triebwerk. Die Maschine musste wieder umkehren, zurück zum Ausgangspunkt nach Puerto Plata. Aber

diese kurze Begegnung hatte auch etwas Positives. Harrie saß ihr gegenüber. Schon beim Einsteigen ist er ihr aufgefallen.
"Ich bin Jaques" holt der Alte sie aus ihren in Gedanken versunkenen ersten Begegnung mit Harrie heraus und fährt fort: „Bei mir begann die Schlaflosigkeit, als mein Sohn Johannes sich Hals über Kopf nach USA abgesetzt hat und seine dominikanische Frau Mathilda hier zurückgelassen hat. Mathilda wir nennen sie Thilda war nicht gerade begeistert. Sie war hochschwanger mit Harrie, ihm da drüben" und deutet zu Harrie.
„Ich glaub nicht, dass Isabell das interessiert."
„Hat denn keiner nachgefragt, wohin nach USA?"
"Die Dominikaner gingen irgendwie lockerer mit dem Thema um, hat wohl auch niemanden interessiert, aber ich kann seitdem auch nicht mehr schlafen."
„Naja alte Leute können eh nicht schlafen, das ist ja bekannt," mischt Harrie sich ein.
"Das Thema begleitet mich lebenslang. Habe ich von meinem Vater geerbt. Opernsänger war er oder wäre er gern gewesen. Oft bekam er Rollen für nebensächlichen Figuren, wurde dann aber aufgrund seiner Renitenz dem Intendanten gegenüber vorzeitig rausgeworfen. Das ist lange her." Macht eine kleine Pause, erzählt weiter,
"kennen Sie sich aus in der deutschen Geschichte?" Harrie guckt genervt. „Doch das interessiert sie."
"Klar"
"Der zweite Weltkrieg?"
"1939 begann er, glaub ich zumindest", sie kräuselt die Stirn dabei nudelt sich ihr rechter Zeigefinger um eine helle Haarsträhne, die zu einer langen Locke wird. Ich hole weiter aus:
"Genau und 1938 war in Frankreich noch alles recht friedlich.

Deshalb flüchteten wir nach 'Evian' an den Genfer See. Vater hatte dort ein Engagement erhalten. Er sollte abends im 'Wiener Café' auftreten. Es befand sich im Hotel Royal. Wenn er dort sang, brachte er die Stimmung der Leute in kurzer Zeit auf Hochtouren. Die oberflächliche Glitzerwelt hatte sich hier gehalten. Gefeiert wurden sie alle, die Künstler, die Dichter, die Reichen haben sich vermischt. Alles vermischte sich. Religionen waren altmodisch. Niemand wollte was wissen von irgendwelchen Verfolgungen bestimmter Glaubensbrüder und die 'Comedian Harmonists' traten in Duplikaten auf. So auch mein alter Herr damals. Einige brillierten mit ihren künstlichen Kastratenstimmen."

„Kenn ich von meiner Oma. Die mochte die 'Comedian Harmonists' auch." Bestätigt Isabell und hört gespannt zu.
"Mein alter Herr schien wohl die Fratze in der Seifenblase rechtzeitig erkannt zu haben, in der die Marschmusik vom weiten trommelte. Das war alles im Jahr 1938."
"Aber das wollen Sie ja gar nicht wissen."
„Das denken Sie, weil ich so müde aussehe."
"Nein, das denke ich nicht. Müdigkeit ist mir ja wohl bekannt, wie ich grad sagte, und immer, wenn er …
- Gott hab ihn selig -, immer wenn er nicht schlafen konnte, las er im 'Spinoza'. Las mir laut vor. 'Spinoza', der als junger Mann von seiner jüdischen Gemeinde exkommuniziert wurde, prägte sich zum Spiegelbild seiner Seele aus. Wenn er von Gott sprach, sprach er von jemanden, der eins war mit der Natur und einer höheren Intelligenz, die alle Substanz in sich vereint. Er war sich sicher, dass alles was geschieht, ausnahmslos

den planmäßigen Gesetzen der Natur folgt. Und 'so könnte es sein' wiederholte Vater sich von Zeit zu Zeit."
Ihre Empathie schmeichelt ihn und er fährt fort, seine Gedanken laufen zu lassen. Obwohl die Beiden nichts Gemeinsames haben, erinnert Isabell mich an den Rabbi in unserer Siedlung. Sie animiert mich dazu, immer weiter auszuholen, halte mich aber zurück und lasse meine Gedanken kreisen. Erinnere mich an das Bild meiner Aufarbeitungen mit dem alten Rabbi. Ich hatte die Zeit der Flucht damals intensiv mit einem jüdischen Geistlichen, einen Rabbiner aufgearbeitet. Ich musste oft weinen, wenn er die Geschehnisse von mir und Vater hinterfragte. Und hinterfragen konnte er gut. Wollte wissen, wie es mir denn ging hinter all dem theoretischen Kram, wie er es immer nannte, wollte wissen, wie es mir denn wirklich ging, wenn ich von Mutter oder Vater erzählte. Vater, dem Opernsänger und Mutter, der sensiblen Pianistin. Dass sie gut Klavierspielen konnte, hatte ich ihm schon abermals oft erzählt, aber wie es mir denn ging, als sie plötzlich nicht mehr da war, - dieser Frage von ihm bin ich grundsätzlich ausgewichen, bin doch ein Meister im Verdrängen. Musste doch Vater zuhören, wenn er aus dem Spinoza vorlas, bis er so angedudelt war, dass sich die ganze Schiffs-Kabine um ihn herumgedreht hatte, er seinen Schmöker fallen ließ und schnarchte. Gott sei Dank nie besonders lange. Er gab einen besonders lauten Schnarcher von sich, von dem er wohl wieder wach wurde und nicht mehr einschlafen konnte. Aber ich konnte schlafen. - Ja, so liefen die Dialoge zwischen mir und dem Rabbi ab und dann wollte er wissen, von was ich denn geträumt habe. Erinnerst du dich an Träume? Wollte er von mir wissen. Tatsächlich konnte ich an einen immer wiederkehrenden Traum erinnern,

der mich kurzzeitig erwachen ließ und anschließend wieder weiterging. Es war Mutter, die im Traum immer wieder auftauchte. Sie kam nachts und deckte mich zu, dann erzählte sie mir irgendwas und ich musste weinen und schluchzte und schluchzte. Sie hielt eine Taschenlampe in der Hand und leuchtete meine Tränen einzeln ab. Dabei trocknete sie jede Träne mit einem der großen Taschentücher und nahm mich so fest in ihre Arme, dass wir eins wurden in der Verschmelzung. - Während ich diesen Traum dem Rabbi schilderte, liefen mir die Tränen an beiden Wangen herunter. Sie liefen in dicken Tropfen an den Wangen herunter, als seien es Regentropfen, die an einer Fensterscheibe heruntergleiten. Das Gesicht blieb dabei reglos, genauso wie die Fensterscheibe, gegen die der Regen platscht. - Welche Farben hatte der Traum? Schwarzweiß, gab ich zur Antwort. Es war die spontane Umarmung des Rabbis, der mich seinen Armen eng umschlungen hielt, die alle feinstofflichen Energien meiner eisernen Hülle sprengten. Ein Wasserfall löste eine Diffusion aus in meinem knapp dreizehnjährigen Körper.

„Ich habe Ihnen meinen Namen noch gar nicht gesagt, ich bin Jaques und uralt."
"Isabell".
Harrie fährt durch die ganz moderne Stadt von Sosúa, deren Erinnerung sich in einigen Straßennamen ausdrückt. Isabell blickt aufmerksam um sich, Harrie kurvt durch die Dr. Alejo-Martinez-Straße, an der Synagoge vorbei, biegt in die David Stern Straße ein und danach in die Dr. Rosen Straße.
„Da ist die Synagoge, aber wir sind nicht streng gläubig, so wie manche."

"Wir sind hier schon in der ‚Dom Rep'?"
"Es gibt viel zu erzählen", ergänzt Harrie.
Sie biegen in die Straße der Wohngegend nach 'El Baty' ein.
"'El Baty' ist ein Vorort von Sosúa. Vater hatte dort ein Stückchen Land erworben. Ursprünglich gehörte das Land mit zur Bananenplantage von 'Chiquita'. Ein amerikanisches Unternehmen bekannt unter dem Namen 'Chiquita' hatte ein großes Stück Land an den damaligen Diktator 'Trujillo' zu einem Freundschaftspreis verhökert. Hier sollten die eingewanderten deutschen Juden das Land neu bestellen, was anfänglich aber in die Hose ging. Riesige Tomatenplantagen wanderten nach der Ernte ins Meer, weil die Dominikaner keine Lust auf Tomaten hatten. Tomaten zählten zu einem Gemüse, das sie nicht kannten und deshalb auch nicht brauchten."
"Nachdem der Anbau mit den Tomaten schiefging, durfte das Land bebaut werden".
"Unter einer Bedingung", ergänze ich,
"bekommen hatte Vater das Grundstück unter einer Bedingung. Er musste eine Anzahl von Palmen um seine neue Hütte herum bauen. Seine Hütte wurde mit den Jahren immer weiter ausgebaut und modernisiert. Die kleinen neu angepflanzten Palmenwedel entwickelten sich im Laufe der Jahre zu hohen schlanken Palmen mit weiten Palmenwedeln. Und das alles mit Blick auf den Atlantik in der Nähe vom 'Chiquita Strand'. Hier konnte ich bleiben."
Ein altes Schild 'Jacob Blumental' ist in der Hauswand befestigt.
"Tja, für mich war klar, hier gehe ich nicht mehr weg. Und Mathilda war natürlich auch ein Grund. Tilda wie ich sie immer nannte war ein rassiges kurviges Weib aus Santo Domingo. ... Ich glaub mir hört hier keiner mehr zu, wo seid ihr zwei?"

Harrie und Isabell sind tief versunken im Gespräch in der Veranda. Dieser geplante Flug nach München, der kurzum wieder umkehren musste, hatte auch Harrie zugesetzt. Ob diese Vorkommnisse öfter passiere will er von ihr wissen, doch dann lenkt er kurzum ab. Jaques hat Geburtstag. Zu seinem Ehrentag lässt er eine fetzige Musik laufen und bewegt seinen attraktiven in die Länge geratenen Körper nach dem Rhythmus.
"Jaques, du hast Geburtstag."
"Du weißt ich lasse meinen Geburtstag grundsätzlich ausfallen, ich hasse die grauseligen Zahlen, die über die neunzig gehen, aber du kannst mir und meinem alten Schulfreund Benni einen guten Bordeaux öffnen."
"Die Musik spielt laut. Extra für dich."
"Ich bin ja nicht schwerhörig! Diese 'Merengue' Musik, die gehört zu diesem schönen Panorama. Die salzige Seeluft, und gleich da vorne das Meer mit seinen Stränden, es ist einfach schön und als Kinder haben wir es hier genossen. Ich war ja erst dreizehn als ich mit meinem Vater ankam. Wir Kinder waren in unserem Element."
Isabells Blicke bleiben an einem verschwommenen schwarzweißen Foto einer jungen dunkelhaarigen 'Golda' hängen.
"Sie ist hübsch", schaut zu Harrie, "war das deine Oma?"
"Nee, das war doch die süße Goldi, ich kenne sie auch nur aus Erzählungen, aber Jaques hat sie im vollen Glanz miterlebt. Sein Vater hielt sie für eine Filmschauspielerin."
"Da kommt mein Schulkamerade Benni, ja wir sind hier die Gruftis. In eurer Generation sind das die Gothics, mit dem Unterschied, dass wir nicht in schwarzen Gewändern und abrasierten Haaren herumlaufen."
„Nee, die Gothics sind jung und keine Gruftis."

Eine Wolldecke vor sich tragend schlürft Benni in die Veranda.
"An meinem Kopf ist nicht viel abzurasieren".
Er macht es sich bequem und fährt fort,
"hat er euch schon vom Spinoza erzählt?" Will Benni wissen.
"Alles ist den natürlichen Gesetzten der Natur unterworfen," gibt Isabell zur Antwort,
"ich meine das Geld im Spinoza"
"Geld im Spinoza?" Das ist auch für Harrie neu.
"Habe ich das nicht erzählt? - Wahrscheinlich hat Harrie wieder nicht hingehört, dann erzähl ich es nochmal, diesmal für Isabell, also - er riss alle Seiten vom Spinoza raus. Fast alle. Ein paar Seiten, die ihm wichtig waren blieben erhalten. Die Hohlräume wurden aufgefüllt mit seinem Vermögen aus alten zerfledderten Geldscheinen, die er bei meinem Vater angelegt hatte. Im Spinoza, so dachte er war es gut und intelligent verpackt, um auf die Flucht zu gehen."
"So war es dann wohl auch",
Zum weiteren erzählen können wir uns hier auf der Veranda breitmachen, gestikuliert er während er die Sitze zurechtrückt, sich Flasche widmet. Dieser Bordeaux ist vom feinsten, der Korken floppt.
Zwei Gläser für zwei alte über neunzigjährige werden von Harrie zur Hälfte gefüllt. Isabell trinkt nur Wasser.
Harrie, Isabell, Benni und Jaques prosten sich zu. Alle reden sich mittlerweile mit du und dem Vornamen an. Die Runde ist entspannt. Isabell kramt in ihrer Handtasche nach einem Block und einem Kugelschreiber, der wie gewöhnlich nicht schreiben will. Mit einem Bleistift, der kaum Farbe hergibt, krizelt sie ihre Notizen, die mit ‚Jaques, der letzte Zeuge' beginnen.

Jaques guckt ihr sozusagen in die Karten.
„Komm ich in dein Tagebuch?"
„Ich würde mir gern Notizen machen. Notizen darüber, was dich bewegt hat, hier her zu kommen."
„Wo soll ich anfangen?"
„Irgendwo."
Man kann förmlich zusehen, wie Jaques die Erinnerungen durch den Kopf sausen. Seine Schilderungen erscheinen, wie in einem Schwarz-Weiß-Film:
Ich glaub es war beim Schachspiel. Da konnten sie die Umgebung beobachten und so tun, als konzentrieren sie sich aufs Spiel. Das Schachspiel hatten unseren beiden alten Herren benutzt, um alles aus zu klüngeln, was sie bewegte.
„Richtig ... sie trafen sich regelmäßig ... ist ja alles schon so lang her. Mein Vater Jacob und Bennis Vater Aron trafen sich angeblich jeden Tag zum Schachspielen."
Das war alles damals in München, geht Jaques durch den Kopf, während er sein Glas mit einem großen Schluck leert. Die Gedanken an diese Zeit vor über achtzig Jahren, kreisen ihm unaufhaltsam durch den Kopf. Damals wie jetzt, denkt er sich: Wirtschaft war runter gefahren auf null. Die Leute wollten es nicht wahrhaben. Keiner wollte wahrhaben, was in der Welt passierte. Alles, bald hundert Jahre her, wenn alles weiterhin so schnell geht. Alle waren irgendwie unpolitisch, und wollten nur, dass es wieder Arbeit gibt und strebten nach besseren Verhältnissen. Heute, ja das was ich heute beobachte, erinner mich gut an damals. Heute passiert auch nichts. Die Wirtschaft geht bergab, dabei senkt er seinen alten Kopf, als würde er die Talfahrt bildlich vor sich sehen. Es wird nur noch Amiland geben und Russland und ein bisschen China, oder umgekehrt,

und wir in Europa werden eine Art Scharnier dazwischen sein, so wie ein Scharnier zwischen einer quietschenden Tür, doziert der Alte in sich hinein, bis er bemerkt, dass keiner ihm zuhört, und ihm wieder einfällt, von seinem Vater Jacob zu erzählen, der sich vor dem zweiten Weltkrieg auf in den Westen bewegt hatte.

Wenn ihr mir zuhört, dann erzähl ich euch aus der Zeit von damals. Einen Zeitzeugen begegnest du Isabell, ja auch nicht jeden Tag.

1938

Damals in München
Zur Zeit der Geschehnisse vor dem zweiten Weltkrieg schrieben wir das Jahr 1938. Wir, Vater und ich hatten es kurz vor Kriegsausbruch gerade noch geschafft in ein fernes Land auszureisen. Genauer gesagt war es uns gelungen auf die Karibik Insel Hispaniola zu immigrieren. Es waren viele Zufälle, die es uns ermöglichten, Europa Hals über Kopf auf dem Seeweg verlassen zu dürfen.
Die Türen öffneten sich für uns, als Vater überraschend Post aus ‚Évian-les-Bains' erhielt. Ein Ort, der heute für sein Heilwasser bekannt ist und am Genfer See liegt.

Isabell unterbricht, wo liegt das genau? Am Genfer See? Ich dachte, ihr kommt aus München, will sie genauer wissen. Jaques bestätigte ihr München, aber dazu musste er doch genauer ausholen. Die Zusammenhänge von Anfang an erzählen. Aber er machte das ja sehr gern. Zu gern tauchte er in seine Kindheit ein. War stolz darauf, wie er die Dinge mit seinem Vater gemeistert hatte.
Und es waren die Zufälle, die sich im Leben zutragen, wenn man offen ist.
Er schnauft tief durch, genießt den Blick auf den Atlantik mit seinem aufgewühlten mitunter auch krachenden Meer und versinkt in die Vergangenheit, die ihn vor achtzig Jahren so sehr bewegte, dass er die Abende mit seinem trällernden Vater noch lebhaft vor Augen sieht.

Er sollte für einen erkrankten Sänger der ‚Comedian Harmonists' einspringen. Die Vorstellungen fanden im ersten Hotel

am Platz statt. Dass hier ein internationaler Kongress stattfand, wusste Vater gar nicht. Ihm ging es zunächst nur um die Ausreise in ein anderes Land und Frankreich galt damals als relativ sicher. Doch das änderte sich schnell. Auch hier wurde es nach einiger Zeit unsicher. Wäre ihm nicht die attraktive junge Frau über den Weg gelaufen, die er für Rita Hayworth hielt, wäre unsere Geschichte sicher völlig anders verlaufen. Er hatte nur noch Augen für Rita Hayworth, oder war es Greta Garbo? Jedenfalls eine von den Beiden war es, die er für eine andere hielt.
Aber auch eine alte Ministerpräsidentin von Israel wie Golda Mei(i)r war einmal jung. Und genau sie war es, die er für eine Filmschauspielerin hielt, nicht zuletzt deshalb, weil er gerade einen Film mit einer dieser Diven gesehen hatte. Selbst die brachte er durcheinander. Er ging nur selten ins Kino. Und wenn er einen Film gesehen hatte, dann kreiste diese Schönheit oft noch wochenlang in seinem geistigen Auge herum und hing sicher damit zusammen, dass er seit geraumer Zeit auf Suche nach einer neuen Frau war.
In der Realität handelte sich aber nicht um ein Filmsternchen, sondern vielmehr um eine einflussreiche Persönlichkeit, nämlich einer Journalistin, die vom Präsidenten ‚Roosevelt' zum Évian Comité persönlich einberufen wurde. Hierbei handelte es sich um einen wichtigen Kongress, von dem Jacob auch noch nichts mitbekommen hatte. Selbst dann nicht, als er mit seinen Gesangsbrüdern allabendlich das Programm für diese Mitglieder gestaltete. Er sang einfach mit seiner Tenorstimme, was sie hergab, wenn sie grad wieder Lieder trällerten wie: „Ein Freund, ein guter Freund, ja sowas gibt es nur einmal auf der Welt".
Vertreter der restlichen Welt bis hin nach Australien sollten in diesem Comité darüber entscheiden, wer wieviel verfolgte Juden bei sich aufnehmen kann. All das geschah tagsüber. Aber

abends wurde im selben Hotel gefeiert. Und hierzu leistete Jacob seinen Beitrag. Den Sinn und Zweck seiner allabendlichen Veranstaltungen hatte er nicht mitbekommen. Für ihn war lediglich das Engagement der Gesangsgruppe wichtig, um für sich und seinen pubertären Sohn Jaques sorgen zu können. Sie nannten sich genauso wie die ‚Comedian Harmonists'. Die Jungs waren damals recht erfolgreich. Und auch bereits zu dieser Zeit ahmten sie sich gegenseitig nach.

Der Rotwein bildet sich ab in seinem Glas, das er betulich dreht, als würde sich der kleine Rest erneut auffüllen. Die Brandung rauscht heute besonders stark. Oder liegt es an meinem Hörgerät?

„So kam es, dass Vater allabendlich für die Persönlichkeiten der hohen Politik in einer gefakten Version der 'Comedian Harmonists' mitträllerte.
Er brillierte mit seiner Tenorstimme für die von Roosevelt einberufene Golda genauso wie Trujillo, dem damaligen Präsidenten der Dominikanischen Republik (Hispaniola). Ich verweilte während der Vorstellung meistens an einem Ecktisch und wartete auf das Ende, schlief ein oder beobachtete ihn. Jedes Mal, wenn er Golda erblickte, dann baute er sich noch mehr auf und überragte die kleinen Franzosen um fast einen Kopf.

Mitunter laufen die Erinnerungen im Rückblick wie ein Film vor meinem inneren Auge ab. Dann passiert es mir, dass ich in der ersten Person der ‚Ich-Form' spreche.
Dann wiederum geistern mir Erlebnisse durch den Kopf, die mir selbst fremd erscheinen und es ist, als betrachte ich das Geschehen aus weiter Entfernung.

Dann gleite ich in die dritte Person ab. Ich erlebe, wie es dem damals fast dreizehnjährigen „Jaques' erging. So, als würde ich ihn weit weg von mir stellen.

1938

Bügeleisen
Wie ich schon erwähnt habe, hatten wir es grad noch rechtzeitig vor Kriegsbeginn geschafft, unsere deutsche Heimat zu verlassen.
Von meinem Klassenzimmer aus konnte ich die deutsche Marschmusik schon vom weiten hören. Benni schoss jedes Mal hoch, wenn diese Marschmusik an unserem Klassenzimmer vorbeikam. Dabei beugte er sich zur Fensterbank und drückte seine Nase an der Scheibe platt. Sein Atem hinterließ dabei einen Fleck in der Größe einer Zitrone. Dann wurde er ermahnt mit den Worten, da komme der Führer und „setz dich hin Kirschbaum". Immer sagte er Kirschbaum zu Benni, redete ihn immer mit dem Nachnamen an, statt mit Benni. Und außerdem hieß er Kirschenbaum und nicht nur Kirschbaum. Aber er war nicht zu halten, bis die gesamte Reihe an der Fensterfront an der Scheibe hing und dem Geschehen zusah. Zusah, wie die marschierende Truppe ihren rechten ausgestreckten Arm vor sich herhielt. Eine Stimmung voller Ehrfurcht verbreitete sich. Und wenn ich zuhause bei meinen Eltern über diese Momente sprechen wollte, wurde ich abgelenkt mit Nichtigkeiten wie: „Was habt ihr denn heute für Hausaufgaben auf?" Und Benni ging es wohl ähnlich zuhause. Vater sprach immer von einem „Rosenfeld", wenn er mit Mutter diskutierte. Später wurde mir dann klar, dass er den damaligen amerikanischen Präsidenten meinte. So eine Art Zeichensprache.

„Wie kommen wir hier heil raus!" Wir waren zum Mittelpunkt der Krisensituation geworden. Eine Zeitlang haben wir nicht hinschauen wollen. Nun holte die zunehmende Ablehnung uns ein. In der Schule redete fast niemand mehr mit uns. Ich meine mit mir und Benni, der neben mir saß und auch nicht gern gesehen war.

„Was haben wir getan? Was wollen die von uns?" Fragten wir uns täglich aufs Neue. Dann hörten wir die Marschmusik und eine begeisterte Masse von Menschen, die anmarschiert kamen. Zuhause wurde uns eingeimpft außerhalb der Wohnung nicht zu reden. Nirgends. Eines Abends schaute ich zu, wie Vater aus seinem Lieblingsbuch die Seiten herausriss. Die Hohlräume polsterte er mit Geldscheinen aus.

„Warum tust du es nicht in deine Geldbörse?" Wollte ich wissen. „Frag nicht so dummes Zeug!" Verwies er mich in scharfem Ton. „Mach deine Hausaufgaben."

Vor unserem Wohnzimmerfenster stand eine große Kastanie. Sie begann gerade, ihre Blätter zu entwickeln. „Wenn die Kastanien blühen, ist der Sommer vorbei", sagte Mutter immer. Aber das stimmte ja nicht. Sie meinte damit etwas anderes. Vielleicht dachte sie, wenn die Kastanien blühen, sind wir nicht mehr hier.

Das Sonnenlicht flackerte durch die jungen Blätter der Kastanie hindurch direkt auf Mutters Bügelbrett. Ein feuchtes Tuch hinterließ eine Dampfwolke, die das Bügeleisen in vorsichtigen zick-zack Bewegungen der Kante entlangfuhr. Ich konnte beobachten, wie sich ihr Brustkorb langsam hob und senkte. Diese Atembewegungen machte sie immer, wenn sie zu einem Dialog mit Vater ausholte. „Was müssen wir tun, um hier heil rauszukommen."

Die Nachricht, die die der Postbote erst am späten Nachmittag brachte, war als hätte uns der Zufall ein kleines Wunder beschert.
„Es ist ein Brief auf Frankreich". Um ihn zu öffnen, riss Vater ihn aus lauter Ungeduld in Fetzen. In der anderen Hand hielt er einen mit Schreibmaschine getippten Text in französischer Sprache. Beim Überfliegen des Textes verwandelte sich sein starres Gesicht in einen Ausdruck, den eine Wolke des Glücks überfällt. Dabei schmiss er sein rechtes Bein seitlich hoch, das Linke tätschelte das Rechte in der Luft kurz nach und begann immer noch den Brief in der Hand haltend zu trällern: „Ein kleiner grüner Kaktus bei mir auf dem Balkon, hollarie hollarie hollaro ..." „Ich will sehen, was sie geschrieben haben."
Wir waren übermütig und während Vater sang und tanze, war Mutter für einen Moment abgelenkt. „Was riecht denn hier so verbrannt?"
Hätte das Bügeleisen kein Loch in Vaters Hose gebrannt, wäre alles perfekt gewesen. Ich saß in der Ecke und freute mich. Hätte er mein breit grienendes Gesicht gesehen, hätte er mir sicher eine geschmiert. Seine einzige gescheite Hose. Geschah ihm Recht.

1938

Schach mit Aron
Ende der dreißiger Jahre entschieden meine Eltern sich deshalb dazu, Deutschland zu Verlassen. Unter den politischen Verfolgungen litt auch besonders unser Familienleben.

Bennis Vater, Aron Kirschenbaum war ein schwergewichtiger Mann. Benni hatte die äußere Erscheinung seiner Mutter geerbt und blieb bis ins hohe Alter schlank. Sein Vater Aron erschien mir jedes Mal, wenn ich ihn sah dicker. Wir nannten ihn immer den Gelddrucker, weil er ein Bankgeschäft hatte. Aron Kirschenbaum stand oft hinter der Gardine an der Fensterscheibe seiner Bank. Die Scheibe sah aus, als würde sie nie geputzt werden. Das fiel mir sogar als Kind auf.
Die Zwangsversteigerungen von Besitztümern gehörten zur Tagesordnung. Seit dem Frühjahr begann die gesetzliche „Arisierung". Alles hatte sich verschlimmert bis hin zur Existenzbedrohung. Aron und Vater trafen sich allabendlich, um die aktuelle Lage zu besprechen. Arons Umfang hatte wenig Platz in seinem dunklen Anzug. Für den Außenstehenden schienen mein Vater Jacob und Aron vertieft in ihr Schachspiel. Arons Schachfiguren waren aufgebaut in der Position zur Rochade. Die beiden trafen sich regelmäßig zum Schachspiel im Café. An diesem Tag war lautes Gewirr von Unruhen durchs verbappte Fenster erkennbar. Arons breiter Hintern labte rechts und links über den Stuhl hinaus. Im Blick hatte er uniformierte Männer, die widerborstig mit einem Passanten umgingen.

Andere Uniformierte pöbelten auf Passanten ein. Der deutlich biegsamere Jacob drehte sich zum Fenster:
„Zum Teufel ..." Aron gestikulierte, er soll sein Maul halten, er zeigt auf seinen Turm:
„Ich setze auf den ‚Turm', der alle schlägt."
"Seit wann schlägt der 'Turm' alle? Was meinst du damit?"
Aron machte eine Pause und setzte über den Tisch gebeugt im Flüsterton fort,
„pass auf! Wir werden überall bespitzelt und als nächstes werden wir rausgeworfen aus diesem Land. Durch die neuen Ariergesetze ist jetzt alles institutionalisiert. Unsere jüdischen Betriebe sind stigmatisiert. Den jüdischen Privatbanken drohen Besitzübertragungen auf arische Inhaber. Mach ich's nicht, treiben sie mich in die Liquidation, so wie sie es schon mit vielen anderen gemacht haben. Hier werden erstklassige Intrigen geschmiedet. Kein Privatvermögen ist mehr sicher. Jetzt muss alles schnell gehen,"
er schaut kurz zur Seite, hält die Hand vor sein Gesicht,
„da vorne, der glotzt andauernd hier her. Wir reden am Sonntag weiter. Zuhause können wir in Ruhe fluchen."

2020

Veranda
Schräge Sonnenstrahlen flackerten durch die Veranda. Die Stimmung wurde mit jedem Glas Wein lustiger.
Erinnerst du dich, wie angespannt unsere Eltern waren? Jacob nickt, klar, zuhause konnten sie fluchen! Aber niemand hatte uns erklärt, worum es eigentlich ging. Immer sprachen sie in Hieroglyphen, und ein falsches Wort von uns und du hattest eine sitzen. ...

Benni freute sich immer ganz besonders, wenn ich mit meinen Eltern zu Besuch kam. Es gab so gut wie keine Schulkameraden mehr, die mit ihm spielen wollten oder genauer gesagt die nicht mit ihm spielen durften. Wir wohnten zu weit auseinander, um uns täglich zu verabreden. Meine Mutter Ruth hatte sich für den Besuch bei den „Kirschenbaums" wieder besonders aufgestylt. Sie schminkte ihre vollen Lippen mit einem knallroten Lippenstift und trug ihre taillierte Rüschenbluse, die sie intensiv mit Stärke besprühte, bevor sie sorgsam Rüsche für Rüsche gebügelt hatte.
Es roch nach dem Duft des Kaffees. Beim Anblick der selbstgebackenen Apfeltorte lief Aron das Wasser im Mund zusammen. Er bediente sich zuerst mit einem großzügigen Schlag Sahne, den er über sein Stück Kuchen klatschte. Bennis Mutter verdrehte die Augen und konnte sich nicht verkneifen:
"Man sieht ja wo´s bleibt."
"Dann friss deinen Kuchen doch selbst."
"Ach so war das nicht gemeint … ".

"Aber Ruth kann noch was vertragen,"
„der ist dir diesmal besonders gut gelungen," lobt Ruth den Kuchen. Ihr geht schon die ganze Zeit über durch den Kopf, dass Jacob unbedingt das Gespräch auf ‚Einstein' bringen muss, sofern sie nicht selbst zu Wort kommt. Wenn Jacob einmal das Gespräch an sich gerissen hat, wird er ständig lauter und niemand kommt mehr zu Wort. Also muss sie den Kuchen loben und im selben Atemzug, lenkt sie das Thema auf ‚Einstein', der ein Einreisebüro für deutsche verfolgte Flüchtlinge in Amerika eingerichtet hat,
„Wir sollten versuchen, den Kontakt zu ‚Albert Einstein' herzustellen."
„Glaubst du, der wartet auf uns?" Meint Aron.
„Das habe ich ihr ja auch schon gesagt!"
Und schon wieder gibt Jacob den Ton an. Ruth lehnt sich in ihren Stuhl zurück.
„Der blöde Roosevelt will doch gar nicht, dass seine Glaubensbrüder zu ihm in sein Land kommen!"
Aron meint,
„der gehört doch zu einer anglikanischen Kirche,"
„dann ist er konvertiert!" Unterbricht Jacob,
„sein Name ‚Roosevelt' heißt doch nichts anderes als Rosenfeld. Genauso wie du Kirschenbaum heißt und ich Blumental."
Benni und Jaques wurden ganz still. Lauschten dem Gespräch mit groß aufgerissenen Augen. Irgendwann fiel das sogar Aron auf. Er hob seinen Zeigefinger, verschärfte seinen Ton, wobei er Benni in seinem Fokus hatte:
„Dass das klar ist! Ihr redet NIRGENS über das was hier gesprochen wird! Nicht draußen beim Spielen. Nicht in der Schule!"

Benni war inzwischen in eine Abwehrhaltung gesunken, als schütze er sich vor einer Tracht Prügel, die er jeden Moment einfangen könnte. Heiße Ohren gab es in der letzten Zeit oft. Selbst dann, wenn er gar nichts angestellt hatte. Aber wenn Gäste da waren, nahm er sich meistens, was die heißen Ohren betrifft zusammen. Es war seine Art, Respekt auszuüben. Selbst die Frauen reagierten dementsprechend defensiv, wenn Bennis Vater sein Machtwort sprach. Aber das war mit der Mahnung an Benni noch lange nicht beendet. Er fuhr fort, „das war speziell in England so. Da sind viele Juden zu den Anglikanern konvertiert!"
„Ach das interessiert jetzt nicht", traut sich Arons Frau ihren Mann abzuwürgen.
 „wir haben andere Probleme als deine Vermutungen zu diesem blöden Ami!"

Benni und Jaques zappelten mit den Beinen unterm Tisch:

Harrie: „Immer, wenn's brenzlich wird, redet er von sich in der dritten Person"

"Wir wollen endlich aufstehen", quengelt Benni und stupst seinen Freund Jaques an:
Im selben Moment bewegten beide mit vollen Backen auf dem Weg nach draußen.
"Jetzt können wir wirklich in Ruhe reden," meinte Jacob, beugte sich über den Tisch zu Aron, der gierig seine Torte in sich hineinschob. Reste vom Tortenboden bleiben in seinen Zahnhälsen hängen. Seine Aussprache war feucht, weil er nicht abwarten kann, bis sein Mund leer ist.

Benni und Jaques hatten sich auf den Hof getraut. Manchmal wurden die beiden schräg von Leuten angeredet, haben sich aber wenig beeindrucken lassen. Zu zweit waren die Beiden stark.
Benni, wie er genannt wurde, hatte nicht die Fettleibigkeit seines Vaters Aron Kirschenbaum geerbt. Auch seine Gesichtszüge glichen seiner attraktiven Mutter. Jacob redete Bennis Mutter gern mit ‚Kirsche' an. Nicht nur der Name Kirschenbaum passte gut zu ihr, er fand sie war auch saftig wie eine Kirsche und zum Anbeißen schön.

Einen Fußball, dem man das Alter ansah, war eines unserer wenigen Spielzeuge. Je schärfer geschossen wurde, desto mehr fürchtete Benni einen Fehlschuss.
"Bloß nirgends in die Scheibe hauen", die denken wir sind Nazis!"
"So ein Quatsch".

Während ich den Ball umklammerte, versuchte ich aus Benni herauszubekommen,
"was die da oben für geheimnisvolle Sachen reden".
"Ich glaub meine Eltern wandern aus in die Schweiz. Eigentlich nehmen die niemanden auf. Aber Vater hat 'n Haufen Kohle, und mit Kohle geht alles."
"Und meine Mutter will nach USA".
"Jaques, da würde ich am liebsten mitkommen."
"Von wegen, ich glaub die will sich mit ihrem Liebhaber diesem Paul Miron absetzen."
Benni erstaunt: "Was sagt dein Vater denn dazu?"
"Der kapiert mal wieder nix."
"Wieso? Kapiert er nix!"

"Wir üben die ganze Zeit über eine Arie aus ‚Carmen', weißt du, diesen Ohrwurm, wo die Micaela den Leutnant bittet, sich um die kranke Mutter zu kümmern,"
"ja und? - Weiß ich doch. Und du singst immer die Sopranstimme der Michaela."
"Genau, aber das mein ich doch gar nicht!"
"Ja was denn? - Mach's doch nicht so spannend!"
"Sie erzählt die ganze Zeit von diesem Pianisten, mit dem sie ein Konzert in USA plant. Oder in Kuba. Aber Vater hört nicht hin."
„Oder wo??"
„Kuubaa, oder so was Ähnliches. Keine Ahnung"
"Und?"
"Er hört die Zwischentöne nicht! Weißt du! Das "Fis" und das "Es" hört er nicht. - Aber als nächstes gehen wir erstmal nach Frankreich. Vater hat ein Engagement in Evian-les-Bains."
"Kenn ich nicht - ich kenn nur Paris."
Benni stößt den Fußball mit seinen Händen am Boden auf und ab. Will weiterspielen. Als es schummrig wurde, kamen Mutter und Vater und schauten uns eine Weile zu. Auf dem Heimweg redeten beide kein Wort miteinander.

Am nächsten Tag hörte ich schon früh die Haustür zuklappen. Während Vater unterwegs war, übten Mutter und ich das Duett aus Carmen allein.
„Je dis que rien ne m'empouvante…"
Wozu üben wir immer noch diese blöden Arien aus Carmen, wenn er doch zu den ‚Comedian Harmonists' geht. Ich denke wir gehen nach Frankreich. Gedanken wie, ich versteh überhaupt nix mehr geistern ihm durch den Kopf. Soll diese Sopranstimme üben und der Alte ist gar nicht da und Mutter sagt nix, klimpert nur die Melodien vor sich hin. Hatte den Text

sowieso nicht drauf. Konnte ich mir noch nie merken. Was soll der ganze Quatsch, wenn Vater doch pausenlos in der Badewanne ‚ein kleiner grüner Kaktus' vor sich hinträllert. ‚bei mir auf dem Balkon. Hollari... Auf jeden Fall ist er mal gut drauf. Warum ich immer noch mit Mutter diese Opernarien üben soll ist mir unverständlich. Irgendwie hat sie auch n Knall. Sie spinnt. Alle Leute spinnen zurzeit. Was ist den bloß los? Alle drehen durch.
mit heller Knabenstimme begleite ich meine Mutter zur Arie der Micaela aus ‚Carmen' und warte, dass Vater seinen Part singt.
Drei Stunden später klingelte es. Vater stand vor der Tür.
„Hast du uns vergessen?" begrüßt Mutter ihn ungeduldig.
„Heut geht nichts, trällert beiden allein weiter."
„Ja, für wen üben wir denn?" „DU sollst nächste Woche vorsingen!", nötigte sie ihn.
„Ich weiß, Mama spielt sich ein, du singst die ‚Micaela' und der ‚Leutnant' ist morgen perfekt. Verabschiedet sich mit: „Morgen wieder - ist doch eh erst in einem Jahr" und lässt die Haustür hinter sich hinter sich zufallen, dass sie knallt.
Mutter zuckt kurz zusammen, schüttelt sich, mit lautlosem AAA öffnet sie ihren Mund - weiter gehts nicht - sodass alle Schneidezähne zusehen sind, die kurz darauf wieder aufeinander fallen, danach ein unüberhörbares SCH hervorbringt, welches ihre Lippen zu einem Haifischmaul formt, bis sie sich in ein tiefes OOO verwandeln, die kurzfristig an ‚Edvard Munch' s Schrei erinnern. - Warum schreit sie nicht einfach. Schrei, dass er ein altes Arschloch ist, wollte ich ihr eigentlich sagen.
Vaters eiliger Rückzug galt wie so oft in letzter Zeit seinem Freund Aron, der nicht alle Bankobligationen sofort

verflüssigen konnte. Er benötigte etwas Zeit, um sein Vermögen in 'cash Money' umzuwandeln. Deshalb hatte sich Vaters kleines Vermögen auf viele kleine Scheine verteilt, denen es wiederum galt, sie sicher und unauffällig zu verpacken. Was bot sich da besser an, als der dicke Band von Vaters geliebtem 'Spinoza'. Dafür interessierte sich niemand. Und niemand würde den abgegrabbelten Wälzer klauen wollen.
Der eh' schon zerfledderte Buch Band von ‚Spinoza' musste also herhalten, damit sich die großen alten Lappen von Geldscheinen gut verpacken ließen. Stattdessen mussten unzählige intelligente Seiten dran glauben. Sein ganzes kleines Restvermögen versteckte sich in den Zwischenräumen vom ‚Spinoza'. So gab es noch ungefähr zehn Seiten. Die wichtigsten zehn Seiten, die Vater unbedingt behalten wollte, aus denen er mir später immer vorlas mit der Begründung, wenn er die Worte von Spinoza verstünde, dann verstünde er auch den Sinn unseres jetzigen Daseins, denn der Verfolgungsdruck nahm täglich mit Geschwindigkeit zu und man konnte nur noch handeln. Einfach nur der Intuition folgen. Das war sein Motto und dabei verlor er Mama ganz aus den Augen, die jeden Schritt genau durchdachte, bevor sie entscheidende Veränderungen umsetzte. Er dahingegen kämpfte gegen den Rest der Welt und damit auch gegen uns. Mutters täglichen Proben bei ‚Miron' fanden von Tag zu Tag länger statt und beim Abendessen war sie fast ins Schwärmen geraten, wenn sie über seine Virtuosität als Pianist sprach.
„Er wird irgendwann ein Konzert in Amerika und Kuba geben."
„Schön," das war alles was Vater dazu einfiel.
„Ich würde ihn gern begleiten," sie wartete auf eine Antwort, ergänzte dann noch,

„ein Konzert für zwei Pianos"
„Wenn das so einfach wäre, wären wir längst schon in den Vereinigten Staaten, habe' ich doch neulich erst gesagt, dass dieser Roosevelt uns nicht will."
„Aber Albert Einstein setzt sich für die verfolgten Flüchtlinge ein."
„Ich will den Scheiß nicht mehr hören!"
Donnerte er ihr entgegen. Und damit war das Thema vom Tisch. Seine cholerischen Anfälle waren selbst mir zu viel, obwohl ich nur Zuschauer war. Und je cholerischer er wurde, desto mehr wandte Mutter sich ihrem Pianisten zu. Ihre Ernsthaftigkeit hatte Vater nicht begriffen. Vor allem, wie sie es sagte und mit welcher Vorsicht, all das bewegte mich emotional, konnte es damals aber noch nicht einordnen.

Bei einem Spaziergang kam es wieder zum Gebrüll. Vater brüllte überhaupt immer, wenn ihm die Argumente ausgingen. Er dozierte nur. Und was man ihm entgegenhielt, interessierte ihn sowieso nicht. Deshalb fragte er auch nicht nach, wenn er etwas nicht verstanden hatte. Auf diesem Spaziergang war er wieder gänzlich durchgeknallt. Und erst als er seine Wut ausgepowert hatte, kam er langsam wieder zu sich. Es war ein langer Spaziergang als der Weg eine Biegung machte. Mutter hielt sich wieder die Ohren zu. Nur Ich bemerkte das.

Er brüllte: -Aha, das hatte er also doch mitgekriegt. -
"Dieser blöde Paul Miron, der schleicht sich in unser Leben ein mit seinem schrägen Geklimpere! Was bildet der sich eigentlich ein".

Ohrenzuhalten nützte dieses mal nichts, sie hörte trotzdem alles und entgegnete,
"Bildet sich gar nichts ein. Ich weiß gar nicht was du immer hast. Er ist Solist und versteht sehr viel von seinem Handwerk."
„Was für ein Handwerk soll das denn sein!"
„DUU kannst noch nicht mal Noten lesen."
„Was??"
„Es sind die Zwischentöne! Du hörst sie nicht! Du siehst sie nicht! Du blökst einfach drauf los."
„Was verdammt nochmal für Zwischentöne?!" Jetzt kommt ein Kommentar von hinten.
„Mutter meint, das Fis und das Cis,"
womit er noch lauter wurde, und genau das war der Moment, als Mutter stehenblieb und ihn einfach brüllend weitergehen ließ.
"Bin ich vielleicht KEIN Solist?! Wisst ihr überhaupt, was es bedeutet, seine Stimmbänder vor einem gesammelten Publikum ständig unter Kontrolle zu halten, während dieser Klavierklimperer lediglich seine Pfoten über die Tasten rasen lässt, und das in einer Geschwindigkeit, bei der kein Mensch mehr hört, was richtig oder was falsch ist. Der kann ruhig mal danebengreifen..."
Ich sah Mutter, wie sie mit zugehaltenen Ohren stehen blieb. Je weiter er sich entfernte, desto leiser wurden seine Flüche für sie. Eine Biegung der Straße ließ ihn schließlich auch visuell aus ihrem Blickfeld verschwinden.
Ich hatte mich gerade zum Pinkeln ins Gebüsch verkrümelt, damit er mich nicht auch noch angeht und als ich meine Hose

zuknöpfte, mich dabei umdrehte, war Mutter auch aus meinem Blickfeld verschwunden.

„Wie lange brauchst du denn noch?!" rief Vater mir hinterher und drehte sich dabei einmal im Kreis herum. Wo steckst du denn! Und wo ist Mutter!"
„Sie ist weg!" Antwortete ich verzweifelt.
„Weg. Wieso weg! Eben war sie doch noch da!"

Einige Zeit war Mutter dann wie vom Erdboden verschwunden. Vermutlich zu Paul Miron geflüchtet. Aber wo hielt dieser Paul Miron sich auf? Keine Ahnung.

1 9 3 8

Als Mutter Aron traf
Durchs Fenster winkt Ruth am vorbeigehen Aron zu. Er ist gerade im Begriff, sein Büro zu verlassen und abzuschließen,
„es ist schön dich zu sehen Ruth. Wo willst du hin?"
„Eigentlich nur nachhause."
Dass sie zuhause seit Tagen nicht mehr aufgetaucht ist, wusste Aron nicht. Von Paul Miron erzählte sie ihm bewusst nichts.
„Komm mit trink einen Kaffee mit mir."
„Gibts wieder ein paar Leckereien?"
„Alles was du magst."
Aron und Ruth waren sich von der ersten Minute ihres Kennenlernens nah. Es liegt über Jahre zurück als Benni und Jaques gemeinsam eingeschult wurden. Zwischen uns besteht eine Art Seelenverwandtschaft meinte Aron schon immer.
Ein guter Tropfen Weinbrand gehört für Aron grundsätzlich zu Kaffee und Kuchen und man könnte meinen, der Tropfen sei das Wichtigste. Er genoss es mit Ruth allein zuhause zu sein. Er hatte täglich mit Menschen zu tun und wusste sehr gut, wie man mit den Menschen umzugehen hat, damit sie sich dem Gegenüber öffnen können. Einfach Zuhören, das war eines seiner Stärken. Aber diesmal hörte er nicht nur zu. Der Weinbrand auf nüchternem Magen enthemmte beide gleichermaßen. Ruth begann über ihre ‚Wechselbäder' mit Jacob zu erzählen. Nach einem tiefen Seufzer legte er seine Hand auf ihre Schulter, tätschelte an ihrem Arm und wiederholte,
„Wechselbäder ..."

„Diese Wechselbäder sind nicht mehr zumutbar. Nicht auszuhalten. Diese cholerischen Ausbrüche brauchen mich auf. Ein Wort, das gerade fällt, genügt. Es genügt ein einziges Wort, das gerade passt, um raketenartig zu explodieren und die schwarze Energie fließt wie flüssiges schwarzes Pech."
Diese krasse Ausdrucksweise kannte Aron an Ruth nicht. Es muss wirklich schlimm sein, geht ihm durch den Kopf und dabei entpuppt er sich zu einem Küchentherapeuten.
„Wie kannst du dich schützen? ..."
fällt er ihr ins Wort.
„Das Gegenüber kannst du nicht verändern, nur darüber reflektieren. - Wie kannst du dich schützen, dass du nicht unentwegt diesen negativen Kräften ausgeliefert bist. Du bist verantwortlich für dich selbst. Wenn du nicht auf dich selbst aufpasst, - jemand anders tut es nicht. - Und was du so schilderst, entspricht einem hohen Leidensdruck. Willst du dich diesem Leidensdruck weiterhin aussetzen? Dich abermals häufig hinstellen und Tränen aus der Unendlichkeit deines Herzens fließen lassen? Willst du die Opferrolle weiterhin pflegen? Solange bis du völlig ausgebrannt bist? Willst du das wirklich!" - Aron verschwindet im Bad und kommt anschließend mit einem Handspiegel zurück, den er vor Ruth vors Gesicht hält.
„Schau hinein!"
Sie kann dem Spiegel nicht ausweichen. Ihre Blicke versuchen es zwar, schielen beschämt zu Boden, um sich dann in alle Himmelsrichtungen zu verstreuen. Er deutet erneut auf den Spiegel.
„Schau hinein. - Was siehst du?"
Wenngleich sie nichts zu sagen hat, so ist das Innere zutiefst betroffen. Aber nicht zeigen, denkt sie sich. Aron war Ruth schon immer nah. Diesmal traut er sich noch näher an ihre verborgenen Emotionen ran.
„Wer ist das, den du da siehst. - Sehe hin."

Umso erschrockener ist sie, als ihr Blick das Spiegelbild trifft. Die anfängliche Erschrockenheit verändert sich in Verärgerung. Am liebsten würden sie das Spiegelbild zerschlagen.
„DA! Das Bild im Spiegel! - Genau das ist der Punkt. Du willst dich selbst zerschlagen."
Seine Worte klingen jetzt eher nachgiebig.
„Ist es richtig? Du würdest dich selbst zerschlagen. - Das Bild im Spiegel, das bist du ... die Wechselbäder, die nicht mehr auszuhalten sind. Die haben dich zerstört."
„Die cholerischen Ausbrüche, "
„genau, die cholerischen Ausbrüche, die wie ein Fass voller Müll über dich geschüttet wurden. - Ist das richtig?"
Dabei hält er den Spiegel jetzt mit beiden Händen vor.
Ohne eine Miene zu verziehen sprudeln aus einer Quelle der tiefen Seele Flüssigkeiten über ihre Wangen, die nicht zu stoppen sind.
„Alles ist verschwommen. Ich kann nichts mehr erkennen."
Ohne eine Miene zu verziehen fließen ihre Tropfen am Kinn herab bis auf ihre Bluse.
„Dein Herz sagt also die Wahrheit."
Das Spiegelbild ist verschwommen und es ist, als wolle es fortgespült werden von der Quelle, die zum Fluss wird, und schließlich in einem Meer der Freiheit mündet.
Er zaubert ein sorgfältig zusammengefaltetes Herrentaschentuch aus seiner rechten Hosentasche hervor. Ein unbenutztes, frisch gebügeltes Tuch mit dem Buchstaben A für Aron einem weiß gehäkelten Rand.

Das Wohnungstürschloss bewegt sich. Die Tür lässt sich von außen nicht öffnen, weil Aron vergessen hat, den Schlüssel von innen abzuziehen.
Es klingelt.

„Das ist mein Weib, hab vergessen den Schlüssel abzuziehen."
Verdreht die Augen, „ich komm ja schon."
An der Haustür steht seine Frau vollbeladen mit Brot unter dem Arm und einer vollgestopften Einkaufstasche.
„Immer lässt du den Schlüssel stecken!"
„War ganz in Gedanken."
„Wir haben Besuch?"
„Wir haben uns zufällig getroffen."
Gestikuliert nonverbal Ruths traurigen Befindlichkeit.
„Ach heult sie wieder wegen Jacob. Dabei hat sie doch so einen netten Mann."
„Von wegen ..."
will Aron kurz erklären aber sie fällt ihm ins Wort mit,
„ich wünschte, ich hätte auch so einen tollen Mann, der seine Familie mit seiner wunderbaren Tenorstimme beglücken kann,"
Ruth hört alles mit, wischt sich die feuchten Wangen trocken. Setzt ihr freundlichstes Gesicht auf,
„ja dich liebkost er gern mit „meiner Kirsche", aber zuhause erlebst du ihn nicht."
Sollte eigentlich ein Joke sein. Ist ihr aber misslungen. Und die Retour Kutsche kommt prompt,
„und für deinen Paul Miron bist du seine „kleine Fee"."

1 9 3 8

Letzte Erinnerung an Paul Miron
Paul Miron war der Klimperer, wie Vater ihn immer nannte. Das war meine letzte Erinnerung an meine Mutter. Sie blieb einfach stehen, als Vater ohne Punkt und ohne Komma fluchend neben uns herging. Damit hatte sie sich für immer grußlos von uns verabschiedet und ich war der Einzige, der ihr Stehenbleiben bemerkt hatte. Lange Zeit dachte ich darüber nach, ob sie wohl mit Paul Miron dem Pianisten nach Amerika oder Kuba ausgewandert ist. Und wenn, warum hatte Mutter mich nicht mitgenommen? Diese Frage blieb für mich lebenslag offen. Oder war sie in Deutschland geblieben und nur kurzzeitig zu Paul Miron gezogen? Am liebsten wäre ich losgezogen, um Mutter zu suchen. Irgendwo würde ich sie finden, dachte ich.

Aber Fakt war es, Vater und ich verließen Deutschland ohne Mutter und zogen nach 'Evian-les-Bains'. Wir mussten weg. Der Druck in Deutschland war zu groß. Und während wir überall gemieden wurden, hatte Mutter sich tatsächlich für Miron entschieden. Eigentlich hieß er Paul und Miron war sein Nachname, aber sie fand Miron schöner und nannte ihn immer beim Nachnamen. Schließlich war das ja auch ein Vorname.
Viel später erfuhr ich, dass sie sich mittlerweile ganz bei Miron aufhielt. Soweit ich erinnere, hatte Benni über seinen Vater Aron Kontakt zu ihr. Mutter hatte Aron jedoch zum Schweigen verpflichtet, was Paul Miron anging. Viel später erfuhr ich von Aron, er habe Paul Miron nie einordnen können, was sein

Charakterbild betreffe. Hatte vieles nicht verstanden. Dennoch hatten sich viele Dinge im Hinterkopf eingegraben, so als hätte das Unbewusste schon alles begriffen, wozu das Bewusste altersentsprechend noch nicht in der Lage war.

Der unaufhörlich fließende Bach vor Mirons Fenster vermittelte ein Wohlbehagen. Oft folgte er nur den Wellen des Flusses. Im Hintergrund ‚zwitscherte' die „Pastorale" aus dem Lautsprecher eines hölzernen Radioapparates heraus. Er hatte seine Staffelei über seinem Fenster zum Hof aufgebaut während Ruth den Kaffee filterte, der einen angenehmen Duft gemahlener Bohnen verbreitete. Schwarzer Kaffee war nicht in allen Haushalten selbstverständlich. Überall musste gespart werden. Miron schaute zum Fenster hinaus und sah dem fließenden Bach nach, wo er mitunter stundenlang verweilte.

Mit der Kanne in der Hand schaut sie seinen schwungvollen Pinselbewegungen zu:

„Ich male die ‚Pastorale', wäre viel lieber Maler geworden, da tun mir die Pfoten nicht so weh. Dieses geklimper jeden Tag…"

„Jetzt fängst du auch noch an"

„Womit"

„Nichts. Ist alles ok"

„Beim Malen wird man Eins mit der Natur. Beethoven hat diese Symphonie auch an einem Fluss geschrieben und den kreiere ich jetzt für ihn."

„Dann müsstest du jetzt komponieren"

„Hörst du sie, die Nachtigallen und den Kuckuck?"

„Mit Phantasie vielleicht"

„Ich habe keine Lust mehr zu klimpern. Mich will sowieso niemand mehr hören"

„Rede nicht so ein Quatsch. Einstein wird dich in den USA sicher vermitteln," auch ihm ging sie auf die Nerven mit ihrem nach Amerika ausgewanderten Physiker.
„Du mit deinem Einstein. - Wenn du ihn nicht persönlich kennst, wird daraus sowieso nichts."
„Immerhin haben wir noch die Option mit Havanna. In einem Reisebüro der Hamburg - Amerika - Linie werden mehrere Kreuzfahrtschiffe angeboten, die in Richtung Kuba gehen."
„Du willst in diesen Sündenpfuhl, wo reiche Amis in Spielhöllen und Nuttenvierteln verkehren?"
Mirons Stimmung ist in diesem Moment in völlige Verunsicherung geraten. Irgendwas passt ihm überhaupt nicht.
Mit dem Werkzeug, womit er gerade noch die blauschwarze Farbe vermischte, kleckst er nun einen dicken dunklen Fleck in die Mitte des Baches. -
Ruth stutzt:
„Surreal - sieht aus als wäre ein Rabe ins Wasser gefallen."
„Er ist abgestürzt und ersoffen," verbessert er Ruth.
„Schwarzmalerei ist das" rauft sie ihre Mähne durcheinander! Im wahrsten Sinne des Wortes, - es ist Schwarzmalerei. Schau hin. Ein abgestürzter Rabe."
„Du hast den schönen Fluss verkleckst."
Weiter setzt er einen weicheren Pinsel im fließenden Wasser an und verleiht den Wellen sensible unterschiedliche Schattierungen. Beginnt mit hellen fröhlichen Farben an der Quelle, die zunehmend kräftiger und dunkler in ihren Schattierungen werden. Hin und wieder spiegeln sie das Sonnenlicht wider und sehen an manchen Stellen schwarz-weiß aus. Inmitten dieses fließenden Spektakels schwimmt der schwarze Rabe mit seinem überdimensional wirkenden Hakenschnabel.

„Er ist ein Gestaltwandler"
„Ein was??"
„Ein Götterbote mit magischen Kräften". Sie reagiert sauer, donnert die Kaffeekanne auf den gedeckten runden Tisch, wobei der Deckel leicht hochhüpft:
„Du meinst Dunkelheit und Tod!"
Dies alles gefällt ihr nicht, fährt fort:
„Bleib doch lieber beim Kuckuck oder ... Singvogel. Ich meine die Nachtigall."
Dabei tatscht sie mit ihrem Zeigefinger in die flüssige Farbe des toten Raben und hinterlässt einen dicken Abdruck mit dem Zeigefinger.

1938

Évian-les-Bains am Genfer See / Hotel Royal

Ach, - evian - da wo das Wasser herkommt fiel Isabel dazu ein.
„genau" bestätigte der Alte, aber zurück in die Vergangenheit, damit ich den Faden nicht verliere.

Vater reiste schließlich mit mir allein nach Frankreich. Wir wohnten spärlich in einer Nebenstraße unweit vom ‚Hotel Royal' entfernt. In diesem Hotel hatte Vater seine allabendlichen Auftritte mit den ‚Comedian Harmonists', oder genauer gesagt mit denen, die sie imitierten. Sie waren erfolgreich. Ich saß jeden Abend in einer Ecke und wartete auf den Schluss.
Es blieb mir nicht viel Zeit über Mutters verschwinden nachzudenken.
Vaters Engagement am Genfer See in Évian-les-Bains begann in Kürze. Wir saßen auf gepackten Koffern. Benni und sein Vater Aron der Gelddrucker, wie wir ihn als Kinder immer nannten verabschiedeten uns.
"In Frankreich ist es sicherer als in Deutschland", meinte Aron
"wohin?" Will Benni wissen,
"nach Evian-les-Bains habe ich dir doch schon erzählt."
"Sein Vater hat einen Auftritt im besten Hotel am Platz"
"da steigt nur Prominenz ab", fügte Vater hinzu. Und genauso war es dann ja auch. Die politische Prominenz aus 32 Ländern stieg in diesem kleinen Örtchen Évian ab, welches im Nachhinein nur noch für sein Mineralwasser bekannt war. Und die

kleine berühmte Frau, der er begegnet war, erlang erst in den siebziger Jahren an Weltbekanntheit in der Politik. Nur konnte sich zu diesem Zeitpunkt in den siebziger Jahren niemand mehr so recht vorstellen, dass diese Ministerpräsidentin Israels in der Vorkriegszeit Ende der dreißiger Jahre - denn zu dieser Zeit hatte sich die Begegnung zwischen Vater und Golda zugetragen - an Attraktivität mit einer Rita Hayworth mithalten konnte. Jedenfalls hielt Vater sie damals kurzzeitig für Rita Hayworth.

Es war ein Glück, dass wir aus Deutschland noch rausgekommen sind. Frankreich schien im Jahre 1938 noch relativ sicher. Dass wir nur noch zu zweit waren, konnte Vater nie verwinden. Wir waren auf der Flucht. Nur noch zu zweit. Vaters Emotionen wechselten täglich. In Wehmut und Selbstmitleid fühlte er sich mal als armes alleingelassenes Opfer, dann war er wieder voller Wut darüber, dass es jemand überhaupt wagen konnte, ihn mit seiner Brut einfach allein zu lassen. Wie es mir dabei ging, danach fragte eigentlich niemand. Dass ich Mutter jeden Tag aufs Neue vermisste, ging dabei unter. In Gedanken war sie immer bei mir. Vater dahingegen war nur solange bei Mutter, bis er eines Tages Golda erblickte. Von da an blieb er nur noch Golda auf den Fersen. Einmal hat er sie tatsächlich erwischt. Meine Fantasie als damals fast dreizehnjähriger ging förmlich mit mir durch. Ein Bild von ihr aus jungen Jahren, die damals noch ihren Mädchennamen trug, hängt heute noch an der Wand im Flur. Ihr Foto trug er überall mit hin. Damals auf Reisen nahm Vater es nie mehr aus seiner Tasche.

Eigentlich hatten Mutter und Vater sich in den Kopf gesetzt, zu Albert Einstein nach USA zu immigrieren. Immer wieder zählte Vater sein kleines Vermögen an Geld und legte es nebeneinander auf den Küchentisch, als seien es Spielkarten. Erst viel später habe ich verstanden, welche Gedanken ihm dazu durch den Kopf gingen. Hatte nur immer gedacht, kann er sich denn den Betrag nicht merken? Oder warum muss er immer wieder neu die Scheine in die Hand nehmen und nachzählen. Es war ja nicht nur das Nachzählen, er hatte eine komische Knickordnung entwickelt, als wolle er Schiffchen damit falten. Während er die Schiffchen faltete, bläute er mir ein, dass ich mit niemanden darüber reden dürfte. - Mit niemandem! Hörst Du! Drohte er mit dem Zeigefinger. Auch nicht Benni. Niemanden. Gut das hatte ich verstanden. Also keine Schiffchen, sondern etwas Ernsteres. Irgendwann hatte der aufgehäufte Stapel von Banknoten dasselbe Format wie sein Schmöker, in dem er oft blätterte. Später erfuhr ich, dass seit April 1938 alle Juden in Deutschland ihr Vermögen anzumelden hatten.

Das kleine angesparte Vermögen schien also in Gefahr. Waren wir später in Frankreich am Genfer See wirklich sicher? Langfristig hatte Vater ‚Albert Einstein' im Visier. Er wusste von seinem Einreisebüro in den USA. Es gab eine Stiftung für Immigranten, die der deutsche Physiker eingerichtet hatte. Und Vater glaubte, der deutsche Physiker wird einem deutschen Künstler sicher die Einreise ermöglichen. Und wenn wir schon mal in Frankreich sind, wird es leichter sein, ein Ausreisevisum zu erhalten. Immerhin hatte dieser Einstein schon so vielen deutschen Flüchtlingen geholfen. Warum nicht auch Vater. Dass ihm in seinem Einreisebüro für seine Glaubensbrüder

irgendwann die Mittel ausgehen würden, damit hatte keiner gerechnet. Aber der Flüchtlingsstrom hatte sich plötzlich vervielfacht. Alles ging so schnell.
Alle, die halbwegs einen kleinen Etat zur Verfügung hatten und die politischen Strömungen mitverfolgen konnten, planten ihren Wegzug aus Deutschland und schließlich aus Europa.

Aber erstmal hieß es: Weg aus Deutschland.
Frankreich erwies sich innerhalb kurzer Zeit auch als unsicher. Dennoch dieses 'Evian-les-Bains' in Frankreich lag richtig schön am Genfer See. Und diesem Engagement in dem Luxus Schuppen hatte Vater so viele Zufälle zu verdanken, die er beim Wegzug aus Deutschland gar nicht wissen konnte. Für ihn war es erst einmal wichtig, weg aus Deutschland zu kommen und mit seinem Gesang Geld zu verdienen. Von einem ‚Evian Comité' hatte er zuvor noch nie etwas gehört.
Nun waren seine Auftritte genau für die Zeit dieses Comités geplant.
Hier sollten Entscheidungen fallen zum Thema: Wohin mit den unerwünschten Juden. Ein Präsident Roosevelt hatte dieses Comité einberufen. 32 Staaten sollten hier entscheiden, in welche Länder diese Menschen geschickt werden sollten. Interessant war es, dass dieser Gutmensch Roosevelt selbst gar nicht erschien und stattdessen einen 'Myron Taylor' schickte. Und die Vertreter der anderen zahlreichen Staaten hatten alle eine andere Ausrede, weshalb sie verfolgte Flüchtlinge nicht bei sich gebrauchen konnten. Es wurde viel gequasselt und es passierte so gut wie nichts.

An einem grauen Tag versank der Genfer See förmlich unter den tiefen Nebelwolken. 'Evian-les-Bains' war nur mit Fantasie erkennbar. Vater war mit seinem Fahrrad zur Bäckerei - Boulangerie - unterwegs. Er hatte gerade Semmeln für unser Frühstück geholt, als er sie von hinten auf der Straße laufen sah. Sie trug eine pfirsichfarbene Bluse zu einem engen Rock, der ihre schlanken Fesseln betonte. Um ihren Hals hatte sie ein Seidentuch mit einem kunstvollen Knoten seitlich gebunden. Seidig glänzende Haare fielen in großen Wellen geschmeidig auf ihre Schultern, und im ersten Moment dachte Vater, da vorn geht Rita Hayworth. Er hatte gerade den Film 'Charly Chan in Egypt' gesehen, in dem Rita Hayworth die Hauptrolle spielte. Die muss ich vom Dichten sehen, ging ihm durch den Kopf. Aber es fuhr sich so schwer mit dem Herrenfahrrad mit Mittelschiene auf dem Kopfsteinpflaster. Links am Lenker baumelte die Tasche mit fünf frischen Semmeln. Er hielt sie fest zwischen Faust und Lenkrad und versuchte sein rechtes Bein über den Sattel zu schwingen, was erst beim zweiten Anlauf gelang. Langsam eierte er über das Kopfsteinpflaster und näherte sich seinem Phantombild. Je näher er seinem Phantombild kam, desto weniger konzentrierte er sich auf das Kopfsteinpflaster. Fast auf gleicher Höhe fing der Lenker des Fahrrads an zu zicken. Beim Versuch nach links gegenzulenken, verselbständigte sich der Lenker. Es haute ihn nach rechts gegen die Erhöhung des Fußwegs und warf ihn ab wie ein Gaul seinen Reiter. Vater fluchte mit sich selbst und dem Rest der Welt. Seine Semmeln suchte er zusammen, verstaute je zwei in der rechten und zwei in der linken Hosentasche, die fünfte reinigte er, begutachtete sie von allen Seiten und biss hinein. Sein Lenkrad war schief. Mit der Semmel im Mund, den

Vorderreifen zwischen die Beine geklemmt richtete er sein Lenkrad gerade und fuhr weiter. Rita oder Lilian oder wer auch immer war weg.

1938

Comedian Harmonists
Sie sangen eigentlich zu fünft, aber einer fiel ständig aus wegen Husten Schnupfen Heiserkeit. Fünf Sänger und ein Pianist. Er war der Einzige auf den Verlass war. Er fehlte nie, gehörte auch nicht wirklich zur Sänger Gruppe, sondern war der festangestellte Pianist der Hotelbar.

Um den bekannten Sängern der Comedian Harmonists zu ähneln, wurden alle Mitglieder in einen schwarzen Gehrock gesteckt. Alle trugen in ihrer rechten Brusttasche ein weißes Einstecktuch. Es wurde zu einem Dreieck gefaltet und schaute aus der rechten Brusttasche wie der Mast eines Segelbootes heraus. Die Abendgesellschaft im Hotel kleidete sich grundsätzlich feierlich. Die wenigen Frauen stachen heraus durch ihre Glitzerkleidung und stilvoll frisierten Haarfrisuren. Manche trugen einen Bubikopf. Andere hatten tiefe große Wellen in ihre lange hellgebleichte Mähne gebrannt. Sie sahen nicht aus, wie die Mädels beim deutschen Adolf, die zu dieser Zeit nur noch mit ihren unerotischen Zöpfen daherkamen. Hier in Frankreich trugen die Frauen ihre Attraktivität zur Schau. Manche ließen ihre gewellte Mähne offen auf ihr Dekolletee fallen. Es gab viele Perlenketten, die sich mehrfach um den Hals drehten und es war als gehöre ein Rauch mit Zigarettenspitze zum guten Erscheinungsbild. Der Eindruck entstand, als kam das ganze Dorf Évian zusammen, um die gefakten Comedian Harmonists zu erleben.
Als Vater sich unbeobachtet fühlte, seine Staffage zurechtrückte, bückte er sich kurz und hob ein Stück vom hinunterfallenden Vorhang, um seinen Schuh glatt zu wienern. Der Bassist, klein und rund gewachsen zupfte seine weiße Fliege unter

seinem fleischigen Hals zurecht. Seine Zigarette klemmte noch hinter seinem Ohr, weshalb ihn der Pianist kurz anrempelte und auf sein Ohr zeigte.

Gut aufgestellt reihten sie sich um das Piano herum, wo sie vom Rampenlicht erfasst wurden, nachdem die Lichter des Kronleuchters langsam erloschen waren. Die Zuschauer saßen vorwiegend an kleineren Tischen.

Applaus kam der Gesangsgruppe schon beim ersten Trallalla... entgegen. Man könnte meinen, es handele sich um die echte Gruppe.

1938

Es war nicht Lilian, und auch nicht Greta, sondern Golda
Die beiden Filmstars warf er grundsätzlich durcheinander. Dabei war es wohl keine von den Beiden, die ihm begegnet war. Zur nächsten Abendgesellschaft fehlte wieder ein Sänger. Vater hatte die nasale Stimmlage für einen erkrankten Sänger aus den 'Comedian Harmonists' übernommen. Genau gesagt kopierten sie die 'Comedian Harmonists'. Vaters Repertoire war so vielfältig, dass er die meisten Stücke sofort abrufen konnte und ich saß oft stundenlang einsam malend an einem Ecktisch des Wiener Cafés im Hotel Royal und beobachtete durch meine Ponymähne die ankommenden Gäste, die nach dem Kongress des 'Evian Comité's zu einem entspannenden Drink eintrafen. Alle Kongressmitglieder waren vornehm im Hotel Royal untergebracht. So auch Golda, der Vater gern auf den Fersen saß. Für einen dreizehnjährigen pubertären Jungen wie mich war es nur langweilig. Fast nur hässliche alte Männer in steifen Klamotten betraten das Wiener Café. Unter ihnen fiel eine zierliche dunkelhaarige Frau deutlich auf. Geschätzte Mitte bis Ende dreißig war sie wohl, so wie Vater. Vater trällerte mit den anderen Sängern gerade 'Ein Freund, ein guter Freund'. Sie sangen heute nur zu viert, weil ein Sänger verschnupft war. Vaters Laune hatte sich wieder gebessert. In seiner Rolle als Sänger war Vater eigentlich in seinem Element. Aber diese dunkelhaarige Frau verunsicherte sein übliches Machogehabe. Denn da war sie wieder. Wieder sah er sie nur von hinten, dann seitlich. Jetzt sah er sie genauer, es war nicht Rita Hayworth. Dabei hätte diese Filmschauspielerin doch so gut in dieses Nobelhotel gepasst. Vater behielt sie im Auge, was sie wohl gemerkt hatte. Sie wandte ihren Blick den Sängern zu, wobei sich ihre Zuwendung auf Vater

konzentrierte. Er fiel auf durch seine Größe, mit der er die anderen zwei überragte und wenn er wollte, hatte er eine sympathische Ausstrahlung. Sie sah ihn mit ihren bezaubernden braunen Augen an, die beim genauen Hinsehen ein grünliches Glitzern hatten. Er fühlte sich verlegen und richtete seinen Blick nach unten. Das war ein Zug an ihm, der nur sehr selten zum Vorschein kam.

Sicher wohnt sie hier in diesem noblen Quartier, geht seine Phantasie mit ihm durch, heute Abend, sollte ich sie erblicken, werde ich sie nach ihrem Namen fragen. Trau ich mich überhaupt sie anzusprechen? Muss ich einfach. Was rede ich mit ihr? Wo sie herkommt? Was sie hier macht? Französin? Urlauberin? Vielleicht werde ich nur erzählen. Erzählen, dass ich allein hier bin mit meinem pubertären Sohn. Ich werde ihr erzählen, dass unsere Mutter uns verlassen hat. Oder werde ich sie lieber was fragen? Ich werde sie fragen, ob sie mit mir durch den schönen Park spazieren geht. Sie sieht aus wie Mitte dreißig. Aber nee, Alter fragt man nicht.

"Hast du deinen Text vergessen?", stieß der neben ihm näselnde Sänger ihn an. "Wir singen heute nur zu viert. Da ist es wichtig, dass jeder mitsingt." Er sang weiter. Danach war Pause. Mithilfe seiner Atemübungen, die er als Sänger beherrschte, mandelte er sich auf. Hatte sie frontal im Blick, diese Rita Hayworth, die also eine Andere war. Aber auch toll. Sie lockerte diese verstaubte männerreiche Gesellschaft richtig auf. Ich weiß ja nicht wer sie ist. Aber ich werde es herausbekommen, ging ihm durch den Kopf. Schüchtern wirkt sie jedenfalls nicht, diese Unbekannte, die nicht nur harten Tabak rauchte, nein sie saß da und übertönte auch die grauen Eminenzen neben ihr mit ihrer rauchigen Stimme.

„Wir brauchen hier keine Typen, die nach den Weibern gaffen. Konzentrier dich gefälligst auf deinen Text."

Vater nickt vor sich hin. Gestikuliert dem zweiten Tenor, wie unangenehm ihm der Patzer war, während der dritte in einem kräftigen Timbre einsetzt: „Holarie, holari, holaro ..." sozusagen als Aufforderung für: „Mein kleiner grüner Kaktus" stimmen sich die anderen auch ein. Vater baut sich auf, holt Luft aus dem untersten Lungenflügel und übertönt mit aller Kraft die anderen zwei mit seiner ausgebildeten Tenorstimme zu „mein kleiner grüner Kaktus ..."

Diese Veranstaltung in Évian bot noch insgesamt neun Tage lang ein bizarres Feuerwerk an Verhandlungen, wie Golda ihm später berichtete. Diese Zeit von neuen Tagen musste er nutzen, um an sie ranzukommen.

Die kleine Pause nach dem „Kaktus" nutze Vater, um sich an der Stirnseite des langen Tisches neben sie zu quetschen. In seiner Vorstellung applaudierte sie besonders ihm, wozu sie ihre Zigarettenspitze ablegen musste. „Undezent", aber naja, ein lustiges Schmunzeln ging über ihre Lippen, schob ihm ihre zusammengeknüllte Zigarettenschachtel 'LUCKY STRIKE' hin. Zu gerne hätte er zugegriffen, aber seine Stimme erlaubte das nicht. Die Herren am Tisch ließen es sich gut gehen und der Alkohol floss. Auch Vater wurde ein Cognac nach dem anderen gereicht. Er wurde zunehmend ungehemmter. So gelang es ihm mit der Dame ein Smalltalk zu beginnen, mit: „Were do you come from?"

Unüberhörbar für Golda war sein deutscher Akzent, „aus Milwaukee". In meiner Familie wurde Jiddisch gesprochen. Ich kann deutsch. Es wurde immer lauter und die Konversation wurde von den anderen Männerstimmen übertönt. Zunehmend ungehemmter biss Vaters Blick sich an den stoffüberzogenen kleinen Knöpfen ihrer hellen Bluse fest. Ein Moment, in dem er mich mal wieder ganz vergessen hatte. Ich saß da,

gähnte vor mich hin und hoffte, dass die abendliche Vorstellung bald beendet ist. War eingedöst. Als ich wieder zu mir kam, waren alle Leute, die an dem Tisch saßen verschwunden. Vater auch.
Die Männer sangen ohne Vater weiter.
Ich stellte mir vor, wie er ihr aufs Hotelzimmer folgte, um sich an sie heranzumachen. Wie er in seinem Suff alle Knöpfe des Kissenbezugs öffnete im besten Glauben es handele sich um die vielen kleinen Knöpfe ihrer hellen Seidenbluse. Und genauso war es wohl auch. Ich hörte nur noch das Öffnen einer Zimmertür. Vor der Zimmertür stand Vater und hielt seine Schuhe in der Hand. Aus dem Hinterhalt war die Stimme von Golda zu hören:
"Wir reden weiter, wenn Sie nüchtern sind, morgen ist auch noch ein Tag, dann sprechen wir über die Karibikinsel, die gerade Thema im Kongress ist." Danach klappte die die Tür zu. - Meine Phantasie hatte anscheinend gestimmt. Sie hatte ihn rausgeschmissen. Mit Schuhen in der Hand. Meine Frage, "warum trägst du deine Schuhe in der Hand?" beantwortete Vater mir nicht.
Der Portier guckte uns eine Weile fragend nach, als Vater das Hotel in diesem schön angelegten Park mit Blick auf den Genfer See auf Strümpfen verließ.

Ursprünglich nannte sich die Versammlung, die dort stattfand im Jahre 1938 „Evian Comité". Hier wollten die 32 Mitglieder sich zusammensetzten, um unsere Glaubensbrüder weltweit aufzuteilen. Genau gesagt, aus Deutschland loszuwerden. Dafür hatten sie sich einen zauberhaften Platz am Genfer See in diesem Evian-les-Bains ausgewählt. Das Hotel Royal, einen Super Luxus Schuppen der schon damals traumhaft gelegen und von sauber angelegten Parkanlagen mit frisierten Bäumen und Blumen umsäumt war. Dies alles umgeben von Wasser auf der einen Seite und einer weiten Berglandschaft auf der anderen Seite, die sich bei Sonnenschein im Genfer See widerspiegelte. Und hier wurde jetzt verhandelt, wurden Leute verschachert wie auf einem Viehmarkt nur mit dem Unterschied, dass sie zur Besichtigung nicht anwesend waren, während die zweiunddreißig Vertreter aus den verschiedenen Ländern über sie bestimmten, wer sie aufnimmt und wer nicht.

Die heuchlerische Zusammenkunft war bedrückend und diese zierliche Golda inmitten dieser Männerdomäne hätte sich zu gerne erhoben, um ihrem Herzen Luft zu machen und denen ihre Meinung zu sagen;

"Dazusitzen, in diesem wunderbaren Saal, zuzuhören, wie die Vertreter von 32 Staaten nacheinander aufstanden und erklärten, wie furchtbar gern sie eine größere Zahl Flüchtlinge aufnehmen würden und wie schrecklich leid es ihnen tue, dass sie das leider nicht tun könnten, war eine erschütternde Erfahrung. Ich hatte Lust, aufzustehen und sie alle anzuschreien: Wisst ihr denn nicht, dass diese verdammten Zahlen menschliche Wesen sind."

Die durch die Amis besetzte Dominikanische Republik eröffnete Trujillos Chance schlechthin. Die Amis hatten Trujillo einst in ihre Nationalgarde rekrutiert. Er wurde Brigadegeneral und Chef der Armee der Dominikanischen Republik und stieg sogar vom Leutnant zum General auf.

Und schließlich wurde er im Jahre 1938 also genau zum jetzigen Zeitpunkt vom amerikanischen Präsidenten Roosevelt ins

‚Weiße Haus' eingeladen mit dem Ziel eine große Zahl der deutschen Flüchtlinge bei sich aufzunehmen.
Roosevelt, der seine Wahl gewinnen wollte, konnte keine Einwanderer gebrauchen, die seinen Leuten die Arbeit wegnehmen würden. Da kam ihm dieser Lasalle Trujillo gerade recht. Und dieser dominikanische Diktator Trujillo, der ein Jahr zuvor über zwanzig tausend Haitianer ermorden ließ erklärte sich schnell bereit zur Aufnahme. Damit wurde ihm das Verbrechen seiner ‚ethnische Säuberung' postwendend verziehen. Also schickte Roosevelt den Diktator zum Evian Comité.

War es abzusehen, dass die anderen Staaten genauso wenig Lust zur Aufnahme hatten? Die Vertreter der einzelnen Staaten gebärdeten sich jedenfalls derart herablassend gegen eine Aufnahme von Flüchtlingen aus Deutschland, dass man sich fragen musste, weshalb sie überhaupt zu dieser Konferenz an den Genfer See gekommen sind. Liebäugelten sie vielleicht mit ein paar schönen Urlaubstagen an diesem zauberhaften Plätzchen? In diesem Luxus umgeben von sprießender Vegetation der frisierten Sträucher und Bäume fühlten die Menschen sich wohl. Und nicht zu vergessen, das Abendprogramm, das Vater mitgestaltete, sofern er nicht gerade Golda auf den Fersen war.
Ausgerechnet der dominikanische Trujillo zeigte an den weißhäutigen deutschen Flüchtlingen großes Interesse und gab seine Bereitschaft zur Aufnahme kund. In diesem Zusammenhang hatte Golda es also verstanden, zwei Überseepassagen und zwei Einreisegenehmigungen für Vater und mich locker zu machen.

Golda sprach sehr viel mit Vater über die Zusammenkünfte der Vertreter der unterschiedlichen Staaten.
Und Vater erfuhr sehr viel von ihr. Nur selten hörte er den Menschen so interessiert zu wie dieser jungen Frau. Dabei war sie gar nicht mehr so jung wie er glaubte. Trotz ihres Zigarettenkonsums hatte sie sich gut gehalten.
Jedes Mal erregte sie sich aufs Neue und wenn ich sie so schimpfen sah, dachte ich, diese Frau passt von ihrem Temperament her eigentlich am besten zu Vater. Natürlich ergaben sich innerhalb der nächsten Tage noch mehr Möglichkeiten, dieser attraktiven dunkelhaarigen Frau Avancen zu machen. Interessant war es, dass sich ab diesem Zeitpunkt das Verhältnis zwischen Vater und mir veränderte. Es war, als veränderte sich meine Rolle als sein Sohn zu der Rolle eines guten Freundes, dem er sein Herz ausschütten konnte. Ich bekräftigte ihn natürlich darin, dass seine Chancen bei Golda sehr gut stünden. Wir sprachen schon von seiner neuen Errungenschaft, als hätte er sie bereits erobert. Diese Rolle gefiel mir. Wir verstanden uns von Tag zu Tag besser, insbesondere dann, wenn ich ihn in seiner Rolle als Macho bekräftigte.

Am folgenden Abend war sie wieder da, diese dunkelhaarige Frau, die er erst für Rita Hayworth hielt. Sie saß wieder am selben Platz, als hätte sie ihn schon erwartet.
"Diesmal nüchtern", bläute ich ihm ein.

Tatsächlich hatte er es geschafft, mit ihr ein Date zu verabreden. Am nächsten Nachmittag hatte er sich sorgfältig seinen Bart rasiert, seinen Oberlippenbart frisiert und sogar seine Zähne geputzt. Lange überlegte er, was er anziehen sollte, dabei gab es kaum Auswahl.

Er stand schon eine halbe Stunde vor dem Hotel, trat von einem Fuß auf den anderen, schaute auf die Uhr. Seine Lippen bewegten sich, als würde er vor sich hin grinsen. Dabei kam ein flüsterndes
„Weeiiber ...",
und wie hieß sie gleich nochmal? Damals hieß sie noch Golda noch irgendwas. Wieso sie deutsch sprach? Jiddisch fiel ihm dann wieder ein ...
Plötzlich stand sie neben ihm. Sie kam aus der anderen Richtung.
Mit leicht verklemmter Heiterkeit brachte er seinen Namen vor. Dabei baute er sich auf, als wolle er sich vor seinem Publikum verneigen.
"Jacob Blumental" stellte er sich förmlich vor.
"ich hatte mich noch gar nicht vorgestellt, ich weiß gar nicht mehr, was wir geredet hatten."
"schöner Name", überging sie lächelnd seine Förmlichkeit.
Vater war leicht durcheinander zu bringen und völlig aus der Übung im Umgang mit attraktiven Frauen. Aus diesem Grund hatte er vor Kurzem auch zu tief ins Glas geschaut. Lange war er nicht mehr so angetrunken gewesen wie neulich, als er sich zu ihr an den Tisch drängelte und beide kurze Zeit drauf die Unterhaltung in ihrem Hotelzimmer fortsetzen wollten, weil es im Wiener Café des Hotels so laut war. Jemand, der ihn nicht kannte, merkte ihm seinen Alkoholpegel nicht sofort an. Kaum aber hatte er ihr Hotelzimmer betreten, begann er zu stottern und nur noch wirres Zeug zu lallen. Als er sich auf ihr Bett platzierte und begann, seine Schuhe auszuziehen, hatte Golda ihn kurzerhand vor die Tür gesetzt, wo ich auf ihn wartete. Er trug seine Schuhe in der Hand. Er zog sie erst wieder

an, nachdem ich ihn im Park darauf aufmerksam machte, dass er zwei verschieden farbige Socken trug.
"Wir hatten kaum reden können, weil es im Wiener Café so laut war,"
"Und dann …?" warf er ein,
"war nichts. - Ihr Name gefällt mir. Bei Blumental denke ich an eine buntbewachsene Blumenwiese, die sich im Tal am Rande eines Bachs ausbreitet."
"Schön interpretiert".
"Als Journalistin muss ich die Dinge farbenfroh beschreiben können."
"Ich heiß Golda", mehr hatte sie ihm nicht verraten.
Ihr lockeres Auftreten verzauberte ihn gänzlich. Jetzt traute er sich mehr zu fragen.
"Woher kommen Sie?"
"Bin Amerikanerin. Meine Familie nannte mich übrigens 'Goldi'".
"Goldi" sein Gesicht wurde immer breiter, seine weiß geputzten Zähne blitzten hervor und er wiederholte
"Goldi, das gefällt mir" machte eine Pause, dann platzte er es raus: "Amerika! - Das ist mein Traum."
"Ich bin Amerikanerin, lebe aber schon lange in Palästina."
Vaters Erstaunen darüber, wieso eine Amerikanerin in Palästina leben konnte war so groß, dass er gar nicht wusste, was er darauf sagen sollte.
"Und sie haben sich abgesetzt aus Deutschland", fuhr sie fort.
"Richtig. Frankreich scheint zunächst sicherer. Aber es ist mein größtes Ziel, nach Amerika zu kommen. Albert Einstein hat dort ein Einwanderungsbüro. Hab schon mal einen Brief an ihn geschrieben. Ist wohl nicht angekommen."

"Momentan hat sich die Situation in Deutschland sehr verhärtet" fügte er noch hinzu.
Sie wechselte das Thema, "da saß ein Knabe hinten am Ecktisch, er sah aus als gehöre er zu Ihnen?"
Erstaunt über ihre Aufmerksamkeit blickt er sie von der Seite an.
"Er sieht Ihnen ähnlich".
"Er wird mal gut aussehen", meinte er stolz.
"Warten Sie jetzt auf ein Kompliment von mir."
"Natürlich nicht. Komplimente machen nur die Herren."
Die beste Möglichkeit, ihr jetzt ein Kompliment zu machen, war wohl verpasst. Sie blickt zum Himmel,
"es sieht aus, als fange es an zu tröpfeln. - Wir verabschieden uns hier. Singen Sie heute Abend wieder?"

Mit seinen fragmentarischen Französischkenntnissen machte Vater sich fachkundig über das tägliche Geschehen des Kongresses der sich 'Evian-Comité' nannte. Sie, diese Golda wurde also von Präsident Roosevelt persönlich als Journalistin zu diesem Kongress einberufen. Schließlich wollte er nicht als Banause vor Goldi, wie er sie ab sofort nannte dastehen. Mit Betroffenheit hatte er sich durch einen kompliziert verfassten Artikel der 'PARIS MATCH' regelrecht durchgefressen. Es wurde ihm immer deutlicher, wie sich die Situation der Verfolgten verschärfte.

Am nächsten Morgen radelte Vater erst spät los. Wir hatten am Abend zuvor noch stundenlang über Goldi und wie er sich ihr annähern könnte gesprochen. Unser Frühstücksbeutel hing wieder an seinem Lenkrad. Er fuhr die Avenue der 'Evian-les-Bains entlang, bog links in die Avenue du Léman am 'Salon de Coiffeure' vorbei, bremste ab und drehte um. Durchs Fenster konnte er beobachten, wie gerade viele Lockenwickler aus

langen dunklen Haaren herausgewickelt wurden, die die einzelnen Strähnen wie Korkenzieher nach unten springen ließen. Im Spiegel wurde ihre neue Frisur von allen Seiten gezeigt. Sie gestikulierte ihre Zufriedenheit, ließ den Umhang von dem Friseur vorsichtig abnehmen, lächelte ihn beim Bezahlen an und schob dabei ein kleines Trinkgeld in seine Kitteltasche.
Ein Blick zur Eingangstür überraschte sie.
"Haben Sie mich abgepasst?"
Kam ihr spontan in den Sinn, als sie Vater entdeckte, der dastand, als würde er schon eine ganze Weile durch die Scheibe gucken. Er rechtfertigte sich, zeigte den Frühstücksbeutel hoch und lud sie ein zu einem späten Frühstück zu uns zu kommen. In dem Moment hatte er wohl ganz vergessen, in was für einem Verließ wir hausten. Eine Toilette gab es nur im Zwischengeschoss. In der Badewanne zeichnete sich eine braune Spur entlang des tröpfelnden Wasserhahns bis zum Abfluss ab.
Inzwischen hatte Vater sein Fahrrad im Griff. Aufpassen hieß jetzt die Devise. Goldi saß auf der mittleren Fahrradstange und sein Blick richtete sich auf die duftig wehenden Korkenzieherlocken, die er Tage zuvor schon aus der Ferne von hinten erblickte, als seine Phantasie mit ihm durchging, weil er sie für eine Rita Hayworth hielt. Diesmal jedoch warf sein Fahrrad ihn nicht ab, wie ein Gaul seinen Reiter. Und diesmal hatte er sein Fahrrad sogar mit Goldi auf der mittleren Stange sitzend im Griff, bis er mit ihr zuhause in unserem Verließ eintraf.
Während Vater den Kaffee servierte erzählte Goldi mir von ihrem Sohn Menachem, der zwei Jahre älter war als ich, aber einen Kopf kleiner. Sie erzählte von ihrer Tochter Sarah und ihrem Ehemann, mit dem sie sich ‚leider' auseinandergelebt hatte, der aber für die Kinder da ist. Es war die Musikalität

ihrer Familie, die uns dreien für ausreichend Gesprächsstoff sorgte. Goldi und Vater hatten einen Draht zueinander gefunden. Vater war völlig verändert, so galant kannte ich ihn gar nicht. Vor allem so höflich und aufmerksam. Er befand sich in der absoluten Werbungsphase und gebärdete sich wie ein balzender Auerhahn.
"Mein Sohn spielt Cello," und sie fragte mich,
"was für ein Instrument spielst du?"
"Ein bisschen Klavier, aber ich singe. - Gemeinsam mit Vater."

Ich begann von Mutter zu erzählen, dass sie uns immer am Klavier begleitet hatte und ich die Sopranstimmen in den Opernarien übernommen hatte, wenn Vater für eine Aufführung den Tenor geübt hatte. An Vaters Gesichtszügen, die nur ich sehen konnte, erkannte ich, dass es ihm überhaupt nicht gefiel, wenn ich von Mutter sprach und schon gar nicht, wenn ich erwähnte, wie talentiert sie war. Dass sie jetzt mit einem Pianisten zusammenlebte, war ein rotes Tuch für ihn. Und dass sie regelmäßigen Kontakt zu Aron pflegte, wusste er natürlich auch nicht. Aron und Mutter begegneten sich öfter zufällig beim Einkaufen und die Salami hatte es beiden angetan. Der Geruch von aufgeschnittener Wurst in der Etalage war appetitlich und regte zum Kauf an. Ruth deutet auf die Salami in der Auslage, „aber bitte nur ganz dünne Scheiben und insgesamt 100 Gramm von der Salami",
bemerkt dabei nicht, dass Aron neben ihr wartet, erschrickt:
„Meine kleine Ruth", wie er sie gern nannte, „deine beiden sind bereits in Evian. Willst du nicht doch den beiden folgen?"
Der Verkäufer hinter seiner Theke wird ungeduldig, „ist das alles Frau Blumental?"
Sie nickt, fingert ihr kleines Portemonnaie aus der Einkaufstasche, bezahlt mit der abgezählten Summe und verstaut ihr Salamipäckchen in der Tasche.

„Wir haben Pläne," die Ladentür klingelt beim hinaus gehen „ich warte draußen auf dich."
Aron hatte anscheinend ein paar Kilo abgenommen. Vielleicht war es auch nur die Kleidung, die sein Übergewicht kaschierte. Er freute sich immer so, wenn er Ruth traf und das machte es ihr leicht, seiner Einladung nachhause zu folgen.
Bildete sie es sich ein, oder stand hier auch eine räumliche Veränderung an? Jedenfalls sah es in der Wohnung von Bennis Eltern nach Umbruch aus. Es standen zwar keine Kisten im Raum, aber irgendwie fehlte etwas. Es waren die Accessoires, die Kleinigkeiten, die fehlten die eine persönliche Note verliehen. Klare Linien, die an ein Hotelzimmer erinnern. Bennis Tür stand offen. Er kam Ruth sofort entgegen und erkundigte sich nach seinem Schulfreund Jaques.
„Ich habe auch nichts gehört, hast du ihm mal geschrieben?"
„Ich hatte angefangen, und ... ja mögen Sie ein paar Zeilen dazu schreiben?"
Während Benni seinen Brief zu Ende schrieb, kamen Ruth und Aron ins Gespräch. Es war genauso, wie ihr erster Eindruck erschien. Familie Kirschenbaum plant auch einen Wegzug:
„Ganz im Vertrauen," flüsterte Aron ihr ins Ohr,
„wir planen dieselbe Richtung wie Jacob und Jaques. Und wenn alles gut geht, dann klappt es sogar mit der Schweiz, - aber Schschsch",
in diesem Moment war das Türschloss zu hören. Es war Bennis Mutter.
„Sie will nicht, dass es jemand weiß," und deutete zur Haustür. Damit waren die Kirschenbaums in der Schweiz, wir in Frankreich und Mutter und Miron auf dem Weg nach nirgendwohin. Das war der letzte Stand, der mir bekannt war. Was ich nicht wusste, war, dass sie eine Ausreisegenehmigung mit dem Luxusdampfer „St. Louis" nach Kuba hatten. Kuba war damals in

den dreißiger Jahren ein Sündenpfuhl für die puritanischen Amis. Es war als Nutten- und Spielparadies bekannt.

Sie besuchte Bennis Eltern noch öfters und an diesem Abend nutzte die Gelegenheit um einen Brief an Jaques - nämlich an mich - zu schreiben. Benni hatte ihr etwas Platz frei gelassen, damit sie ihre Grüße hinzufügen konnte.

Noch am selben Abend gab Ruth den gemeinsamen Brief persönlich beim Postamt ab. So war es einigermaßen sichergestellt, dass Jaques die Post auch erhält.

1938

Golda hört gespannt zu
"Am liebsten mochte Mutter die Arie der 'Micaela' aus Carmen. Vater sang den Tenor und ich die Sopranstimme der Micaela."
"Ich liebe diese Arie" warf Goldi ein, "wie heißt die noch gleich," schnipste sie mit den Fingern,
"Je dis que rien ne m'epouvante" wusste Vater aus dem Stegreif und begann sie zu summen ... bis wir alle drei die Melodie mitsummten.
Das Eis war gebrochen. Der heutige Abend war gerettet. Und an einem anderen Abend durfte Vater sie dann wieder auf ihr Hotelzimmer begleiten. Und allabendlich, wenn er wieder zuhause war berichtete er ausführlich über sein Liebesleben; die Fantasie ging mit mir durch, mein Pimmel stand zum Himmel, Vater sagte dann nur,
'das ist so in der Pubertät da hilft nur Hand anlegen'. Aber so viel wusste ich bis dahin auch schon. Goldis Tochter Sarah wäre mir in diesen Momenten lieber gewesen. Aber die war zuhause in Palästina.
Am nächsten Tag erhielt ich endlich den Brief von Benni, der immer mit denselben Sätzen anfing:

'Lieber Jaques,
wie geht es Dir. Mir geht es gut. Aber ich habe viel lange Weile, seitdem Du nicht mehr hier bist. Es gibt hier niemanden mehr, der nach der Schule zu mir kommen kann. Sie haben alle was Anderes vor und sind angeblich schon verabredet. In der Schule sitze ich auch ganz alleine. Nur diese doofe Elfriede ist noch freundlich zu mir. Schade nur, dass sie so doof aussieht. Wenn sie nicht so doof aussehen würde, wäre sie ja ganz nett.

Meine Eltern planen auch irgendwas. Sie tuscheln viel. Ich glaub sie wollen auch auswandern.
Viele Grüße von
Deinem Freund Benni

P.S. Deine Mutter besucht uns gerade. Sie will Dir auch noch was sagen.

Mein lieber Jaques,
ich denke jeden Tag an Dich. Ich werde Dich eines Tages zu mir holen, sobald ich eine sichere Basis für uns geschaffen habe. Du weißt Paul Miron plant ein Gastspiel in Amerika und ich werde ihn begleiten. Obwohl er eine Einladung für ein Gastspiel hat, ist es so gut wie unmöglich ein Visum zu erhalten. Alles ist so widersprüchlich. Mein lieber Jaques, ich umarme Dich ganz fest. Ein lieber Gruß, Deine Mutter'

Ich hatte den Brief gut zusammengefaltet. Vater war natürlich wieder furchtbar neugierig, was drinstand.
"Nicht für dich" sagte ich nur, aber er hatte schon gesehen, dass unter P.S. eine Notiz von Mutter stand.
"Geht draus hervor, wo sie ist?"
"Bei Benni natürlich, sonst hätte sie seinem Brief ja nichts hinzufügen können."
"Richtig! - Und - hat sie schon ein Visum?"
"Für Amerika meinst du?"
"Ja wohl kaum für den Kongo."
"Sie warten noch auf ein Visum. Ich glaub das ist sehr schwer zu bekommen."
"Das heißt, sie will immer noch mit diesem Klavierklimperer nach Amerika. - Da kann sie lange warten."
"Ich denk du willst auch nach Amerika."

Er ging in sich. Schnaufte tief durch und nahm mich in den Arm.
"Wir müssen da jetzt irgendwie durch. Immerhin sind wir schon mal in Frankreich, das ist besser als in Deutschland."
"Das stimmt. Benni sagt, dass sich niemand mehr mit ihm verabredet. In der Schule sitzt er ganz allein."
"Oh, da fällt mir ein, ich muss dich auch in der Schule anmelden, sobald die Ferien vorbei sind."
"Sag mal, diese Golda oder Goldi, wie du sagst, warum sind ihre Kinder nicht dabei. Ist sie auch abgehauen, so wie Mutter?" Obwohl, dachte ich, sie ist gar nicht abgehauen. Sie blieb während unserer Wanderung einfach nur stehen.
"Abgehauen ist sie sicher nicht. Sie ist ja beruflich hier. Sie wurde einberufen zu dieser Konferenz hier - Von Roosevelt persönlich."
"Von welchem Roosevelt?"
"Das ist der Präsident der Vereinigten Staaten. Du hast wirklich lange in der Schule gefehlt mein Lieber."
"Aber sie hat gesagt, sie kommt aus Tel Aviv und da wohnen auch ihre Kinder."
"Das ist eine lange Geschichte."
1938 Evian Golda

Am nächsten Abend verschwand Vater gleich nach der Vorstellung zu Golda auf ihr Zimmer.
Sie war ziemlich geladen.
"Ich wurde zu einer internationalen Konferenz für Flüchtlingsfragen entsandt, die von Franklin D. Roosevelt nach Evian-les-Bains einberufen worden war."
Diesmal lümmelte Vater bequem auf ihrem Bett und hörte ihren Ausbrüchen aufmerksam zu.
"Ich nehme daran teil in der lachhaften Eigenschaft als 'jüdische Botschafterin aus Palästina und sitze noch nicht einmal

bei den Delegierten, sondern bei den Zuhörern, obwohl die Flüchtlinge, über die diskutiert wird, meine eigenen Landsleute sind!"
Vaters Betroffenheit war deutlich. Er rückte sich zurecht und nahm mehr Haltung an. Außer einem
"Ich auch, ich meine ich bin auch auf der Flucht," wusste er vor Entsetzen nicht so viel zu sagen, als auf seine mitgebrachte Flasche Cognac zu zeigen:
"Ich glaub, das würde dir jetzt guttun".
"Ich trink keinen Schnaps".
Sie holte eine Zigarette aus ihrer 'LUCKY STRIKE' Packung, zündete sie an, diesmal ohne Zigarettenspitze. Das Gefummel mit einer Zigarettenspitze dauerte ihr viel zu lang.
"Das ist ein REMY MARTIN der beste Cognac in Frankreich", er hielt ihr das Glas unter die Nase und sie erkannte, dass es wirklich kein Schnaps war.
"Du kennst nur Schlitz Bier aus Amerika."

Langsam hatte Golda sich beruhigt. Der Cognac tat ihr gut. Sie legte sich neben Vater. Ihre Gesichtszüge hatten sich entspannt.
Sie breitete ihre Arme aus und schien in diesem Moment ausgeglichen. Langsam neigte sie sich zu ihm,
"du bist so zugeknöpft". Vater konnte es gar nicht glauben, aber sie fuhr ihm so behutsam mit den Fingerspitzen über seine behaarte Brust, dass er einfach nur dalag und seine Augen geschlossen hielt.
Er ließ mit sich geschehen, als er ihren rauchigen Atem verspürte und ehe er wahrnahm was passierte ging alles wie von selbst.
Ihr warmer Körper umhüllte ihn mit einer warmen Unendlichkeit, die eine ihm bislang völlig unbekannte Lust in seinem Körper ausbreitete und ohne jede Vorbereitung fingerte sie

ihn in sich hinein. Vater hatte eine lange Zeit der Enthaltsamkeit hinter sich. Allein die Berührung führte dazu, dass alles schon zu Ende war, bevor es begonnen hatte. Gedanken wie: ‚Unglaublich,' gingen ihm durch den Kopf, Gefühlsexplosionen wie eben hatte er schlichtweg vergessen. ‚Vergessen? Nee, nix aber auch gar nix vergessen. Es ist alles noch da und funktioniert auch noch. Insbesondere mit genügend Vernebelung. Aber verdammt nochmal viel zu schnell.'
„Woran denkst du hinter deiner krausen Stirn?"
'Nicht zu viel vom REMY', sagte ihm seine innere Stimme. 'nur bei entsprechender Nüchternheit kann er sich wieder hinstellen.
„Zuviel Schnaps?"
„Das habe ich dir doch schon erklärt, das ist kein SCHNAPS."
„Nein, natürlich nicht" - sie langt zur Remy Flasche, deren Öffnung führt sie vorsichtig an ihren Mund, genießt die Qualität und nach einem tiefen lustvollen Atemzug presst sie ihre feuchten nach ‚Remy' schmeckenden Lippen auf die seinen. Das allein genügt, um Jakob und Golda in eine unendliche schlüpfrige sich alles vergessene Liebesorgie zu verzaubern.

1938

Golda spricht mit Trujillo
Jacob hatte sich langsam wieder aus dem Hotelzimmer geschlichen. Dabei trug er stets seine Schuhe in der Hand und tippelte auf Zehenspitzen, damit er Golda nicht weckte. Im Flur knarrten die Treppen. Das ließ sich nicht verhindern, auch wenn er sich noch so sehr am Treppengeländer festhielt und fast schwebend versuchte die Etage zu verlassen. Dann ereilte ihn seine Erinnerung, - ‚wo ist den Jaques die ganze Zeit über gewesen? - Ist doch hoffentlich nachhause gegangen? - Zuhause vorsichtig den Schlüssel betätigt. Das Knarren der Tür ließ sich dennoch nicht vermeiden. Die Haustür ließ er halb offenstehen, guckte zuerst nach seinem Sohn. Der blinzelte ihn an:
„Wo warst du solange! Du stinkst nach Schnaps!"
„Wir haben noch was getrunken und wir haben uns unterhalten," versuchte er nüchtern zu erklären. Aber Jaques verdrehte die Augen und konnte anscheinend einschlafen.

Am nächsten Morgen musste Golda wieder früh raus. Ihr Gähnen versteckte sie hinter einem dicken Schreibblock. Fast wäre sie eingeschlafen. Ihre Uhr zeigte 8:00 Uhr morgens. Aber dann meldete sich ein ‚Trujillo' zu Wort und sie wurde hellhörig. ‚Trujillo' wurde genauso wie Golda im Auftrag von Präsident Roosevelt zu dem Kongress nach ‚Evian-les-Bains' gesandt. ‚Trujillo' war der Regierende einer Karibikinsel, die heute als Urlaubsparadies für Ballermann-Touristen bekannt ist. Hispaniola teilte sich in Haiti und Dominikanische Republik auf. Sein Auftritt brachte Golda von jetzt auf nachher ins Hier und Jetzt. Ihren Schreibblock hielt sie bereit für Notizen. Selbst seine Äußerlichkeit hielt sie fest mit Bemerkungen wie: ‚Er trug ein weißes Hemd mit Stehkragen unter der engen Weste, aus der das goldene Band der Taschenuhr hervorblitzte. Seine Kleidung schien der übrigen Gesellschaft angepasst.' Sie erinnerte sich, dass er auf seiner Heimatinsel auffiel, weil er auffällige bunte Kleider trug. Weiter notierte Golda, sein Land sei bereit, eine Vielzahl von Flüchtlingen bei sich aufzunehmen, was er in seinem Pidgin-Englisch stolz verkündet.

Und eine kurze Unterbrechung der Sitzung kam wie gerufen, als hätte sie es sich so herbeigewünscht. Die Pause der Verhandlung nutzte Golda, um mit Trujillo in Kontakt zu kommen. Vom weiten sah er gar nicht so unsympathisch aus. Nur sein Oberlippenbärtchen störte sie. Erinnerte sie an jemanden, an den sie jetzt überhaupt keinen Gedanken verschwenden mochte. Sie hatte gerade vernommen, dass er von der Insel ‚Hispaniola' geschickt wurde, so könnte ich beginnen, dachte sie. Erst später erfuhr sie, dass der Ministerpräsident seinen Bruder zur Konferenz geschickt hatte. Er sah ihm zum Verwechseln ähnlich und sie hielt ihn für den ‚Raphael Trujillo'. Immerzu musste sie an Jaques denken. Er ging ihr nicht aus dem Kopf. Jaques fühlte sich unsicher in Europa. Er wollte zwar in die USA, aber das war ihrer Ansicht nach aussichtslos. Nach all dem was diese Mitglieder des Komites von sich gaben, war anscheinend niemand interessiert, überhaupt auch nur einen Flüchtling bei sich aufzunehmen. Hinzu kam, dass von Seiten der USA keinen Vertreter gab. Aber dieser kleine eitle schnauzbärtige Karibik Vertreter, den knüpfe ich mir jetzt vor.

Sie nutzte die Gelegenheit, ihre filterlose Zigarette klemmte bereits zwischen ihren Fingern um ihn nach Feuer zu bitten, als er dabei war sich ein Zigarillo aus seinem Etui herausfingerte. Fast Gentlemen like zündete er ihr eine große Flamme entgegen und sie nutzte die Gelegenheit, den Platz ihm gegenübersitzend einzunehmen. So konnte sie ihm direkt in seine runden Augen schauen.

„Sie planen Menschen bei sich aufzunehmen, Mr. Trujillo" fing sie unvermittelt an in ihrem fließenden englisch, das zu ihrer Muttersprache geworden war, weil sie bereits im Vorschulalter mit ihren Eltern in die USA eingewanderte.

„Wir planen eine große Zahl in unserem Land aufzunehmen. Sie müssen wissen, Hispaniola ist zwar eine Insel aber viel größer als die anderen ‚Kleinen Antillen'. Und Dank Amerika sind wir sehr fortschrittlich,"

formuliert er in seinem Pidgin-Englisch. Dabei baut er sich erhaben dieser freundlich aufgeschlossenen Frau gegenüber auf. Sein Kopf erhebt sich über seinem geradegerückten Brustkorb. Gedanken wie, ‚aha, also doch eine Insel. - Dir muss ich zuhören, damit du wichtig genug bist,' gehen ihr durch den Kopf. Bei einem kräftigen Zug bildet sich eine rote Glut an ihrer Zigarettenspitze ab. Dabei entsteht der Anschein, dass der Rauch bis zum untersten Lungenflügel gelangt ist. Ohne Punkt und ohne Komma fährt Trujillo fort,

„die ‚United Fruit Company' hat uns im Norden der Insel Land zum Kauf angeboten. Da haben wir sofort zugegriffen. Schließlich muss man diesen Menschen, die auf der Flucht sind, doch helfen!"

„Das ist sehr anerkennenswert", die Antwort fällt ihr schwer, fast schwillt ihr Hals an bei dem Gedanken: ‚Jetzt gibt er auch noch an mit dieser Bananenplantage, schließlich hatte sie schon vorher davon gehört, dass dieser Trujillo mehrere Plantagen dieser Art für ein Taschengeld von der Companie erworben hat. Sie nahm sich zusammen, denn ihr Hintergedanke war es, herauszubekommen, wie die zukünftigen Einwanderer zu einem Visum kommen würden.

„Haben Sie bestimmte Pläne?" Ihre Anteilnahme schmeichelte ihm und sein Gesicht nahm den Ausdruck eines Schmierenkomödianten an. Nun hinterfragte er sogar, was sie denn mit Plänen meine.

„Pläne?"

„Dachten Sie an Familien mit Kindern?"

Seine Mimik reagierte prompt. Sein Blick stutzte bei der Frage. Das war eindeutig daneben. Genau das wollte er nicht. Er wollte die dunkle Rasse aufhellen mit den weißen Männern. Genauer gesagt mit zeugungsfähigen weißen Männern. Aber das traute sich selbst dieser Trujillo nicht zu verbalisieren.

„Wir brauchen junge Männer. Männer die das Land bestellen können. Männer, die diese Bananenplantage in ein fruchtbares Land verwandeln können. - Genügt Ihnen das? - Und Frauen gibt es bei uns genug. Viele hübsche junge Frauen. Wissen Sie, die weißen Männer aus Europa sind sehr begehrt in unserem Land."

Golda drückte an ihrer Zigarette, die längst aus war, als wollte die den Aschenbecher zerkleinern. So ein Knallkopf. Aber sie beherrschte sich und es gelang ihr ein freundliches Lächeln beizubehalten.

„Das bedeutet," - im Hinterkopf hatte sie Jacob und Jaques - „junge Männer, die anpacken können, hätten eine Chance zu Ihnen zu kommen."

„Genauso ist es."

Jetzt kam sie endlich ihrer Kernfrage näher: Wer entscheidet und wie kommen diese jungen Männer an die Einreisegenehmigung, ging ihr durch den Kopf.

„Ich kenne zwei starke junge Männer, ich denke die würden für Ihre Insel infrage kommen. Die Frage ist nur, wie läuft das mit der Einreise nach Hispaniola bzw. in ‚ihre Dominikanische Republik'."

Es war ihm deutlich anzusehen, wie er sich gebauchpinselt fühlte und man konnte ihm seine Gedanken förmlich ablesen: Das ‚ihre Dominikanische Republik' schien ihm besonders gefallen zu haben. Sie ist immerhin eine Amerikanerin, - ging ihm wohl durch den Kopf - wenngleich sie zurzeit Palästina lebt. Aber sie wurde von dem großen Roosevelt abgesandt. Und das soll was heißen. Golda war schließlich eine Abgesandte Journalisten von Roosevelt. Und Roosevelt war der Größte in seinen großen runden Augen.

Zurück im Konferenzraum durchforschte Golda die Teilnehmerliste aller Beteiligten. Dieser Trujillo. Interessant. Beim genauen Hinsehen der Liste mit der Überschrift ‚... Évian im Juli 1938 ...' aller Beteiligten stutzte sie. Mit dem Zeigefinger fuhr sie alle Namen der Länder ab, landete bei Dom Rep und fand schließlich Virgilio Trujillo in Vertretung seines Bruders Rafael Trujillo.

„Verdammter Mist" fluchte sie auf ihrem Außenposten abseits der Männerdomäne vor sich hin.

„Dieser Schnauzbart mit den runden Augen ist in Vertretung für seinen Bruder hier."

Der Typ, mit dem sie gerade sprach, war also nur der Bruder. Mist. Mist. Mist. - Egal, sie würde es wieder probieren. Musste mehr über Jacob erfahren, um ihn zukünftig besser zu vermitteln. Eigentlich wurde Golda in Vertretung für Palästina zum Kongress bestellt. Sie saß dort als Journalistin. Aber jetzt hatte sie förmlich der Ehrgeiz gepackt. Diesen kleinen

Schmierlappen, den knüpfe ich mir nochmal vor. So wurden Jacob und Jaques zu ihrem zweiten Projekt dieser Konferenz in Évian-les-Bains am Genfer See.

1938

Dialog am Genfer See
Die Mythologie war ihr Steckenpferd. Bei einem sternenklaren Himmel wie heute war ihr Blick nach oben gerichtet. wie eine Befreiung aus dem hier und jetzt. Hier konnte sie sich verlieren in einer Unendlichkeit. Ihre Fantasien schweifen lassen, wäre da nicht Jacob gewesen, der sie aus ihrer Traumwelt in die Wirklichkeit rüttelt. Wen sie da oben suche, will er von ihr wissen und die Antwort ist knapp:
„Nix. Ich such gar nix. Vielleicht ist da oben die Wirklichkeit. Ich meine die Wirklichkeit unseres Unbewussten Seins. In der Mythologie ist alles gut erklärt. Unser Unbewusstes spiegelt sich in den Mythen wider. Die Märchen, die wir unseren Kindern vorlesen sind voll davon. Seit Jahrtausenden drückt der Mensch sein Unbewusstes in den Mythen aus. In der tiefe unserer Seele leuchtet etwas unheimlich Lebendiges. Eigentlich sucht der Mensch von Anfang an den Schutz in Bildern. Und die Bilder befinden sich im Archetypus unserer Seele. Jeder trägt alles in sich. Die gesamte Palette eines Bilderbuchs."
Wortlos schweifen ihre Gedanken weiter: ‚Aufgereiht sind sie da oben - alle - unsere neun Planeten. Bewegen sich seit Urzeiten im selben System. Und vor ein paar Jahren wurde sogar der ‚Pluto' entdeckt. Der letzte Zwerg in der Perlenkette. Aber nicht von ungefähr nennt man ihn so. Pluto, der Bösewicht befinde sich in der Tiefe des Himmelszelts. So

betrachten ihn die Christen. Und in die Mythologie schob ihn, den Pluto meine ich, in die Tiefe der Unterwelt.'
„Und!" Jacob erhob seinen Zeigefinger, „er wurde der Gott der Unterwelt. - Sieh dich nicht um, sagte er zu Orpheus, der seine Eurydike aus der Unterwelt befreien durfte. Orpheus sah sich doch um. Daraufhin verschwand Eurydike für immer in der Unterwelt." Er macht eine Pause, fährt fort:
„So, wie wir! Wir landen auch in der Unterwelt."
„Vielleicht sind wir schon in der Unterwelt."
„Das sind alles kreierte Bilder?" Er zückt mit den Achseln -
„Außerhalb unserer Seele? Du denkst laut, aber ich kann dir nicht folgen, ich kenn lediglich die Operette,"
„die von deinem Namensfetter Jaques Offenbach ... da oben haben sie sich versammelt," fährt sie fort
„unsere Götter. Entstanden aus dem Chaos."
„Genau ... dann kam Gaia die Erde und dann Uranos der Himmelsgott,"
„Und jetzt sind wir wieder zurück im ‚Chaos'"
„Schluss jetzt mit diesem Gefasel!"
Macht Jacob sich lustig über sie, aber er meint es ernst. „Momentan leben wir im absoluten Chaos. Und wie kommt man da verdammt noch mal raus. Es ist, als habe sich die ganze Welt verrannt. Verrannt in etwas, was es überhaupt nicht gibt und nie geben kann. Aber eines ist klar dabei. Jakob ist mit seinem Jaques auf der Flucht nach nirgendwo hin. Irgendwie gelingt es Jakob nicht so recht, sich mit Golda auszutauschen. Keiner will den anderen belasten. Es ist, als übernehmen die Sterne die Stellvertretung für das Geschehen im Hier und Jetzt."

2 0 2 0

Veranda
Eine leichte Brise weht durch die Veranda. Keiner kann glauben, über was für einen Quatsch die beiden sich am Genfer See ausgetauscht haben, stellt Harrie die Erzählungen von Jaques lächelnd infrage:
„Die hatten doch ganz andere Sorgen, als sich über Cancan Musik auszutauschen ... wenn es noch die Musik gewesen wäre, und die Story, die der Jaques Offenbach daraus gemacht hatte, dann ..."
„Nee", ist Isabell schlauer, „die sind an ihre wirklichen Themen nicht drangekommen. Auswandern wollte der Alte. Das war sein einziges Ziel. Er wollte weg. Weg aus diesem Krisenherd, der sich nun auch in Frankreich entwickelte. Golda wollte ihm helfen. Sah sich fast verpflichtet, ihm zu helfen. Und dann war da noch dieser schmierige Typ aus der Karibikinsel. Deren Leben befand sich auf einem Nullpunkt."
Harrie:
„Genauso wie unser Leben. Die Chinesen setzen einen Virus in die Welt und bei uns bleibt die Welt stehen."
Der Fernseher läuft im Hintergrund. Deutsche Nachrichten. Berichte vom ‚Lock down' irritieren schon gar nicht mehr. Sie entwickeln sich zunehmend zur Normalität. Du siehst überhaupt keinen Flieger da oben."
Jaques:
„Von hieraus sowieso nicht."
Isabell:
„Die Fliegerei scheint zunächst eingestellt. Wir haben nur noch uns. Gestern wart ihr lauter Fremde."
Jaques:
„Jetzt gehörst du zu uns."

Harrie:
„Dieser Scheiß kommt aus China."
Benni:
„Vielleicht machen wir's genauso wie Golda und Jacob, gucken einfach in die Sterne, und versuchen das System zu verstehen."
Harrie:
„So ein Quatsch! Von wegen Viehmarkt! Ganz dicht dabei ist das größte Bio Labor. Die haben experimentiert, und dabei ist denen was durch die Lappen gegangen. Es gibt Filme, die zeigten genau dieselbe Begebenheit. Und diese Filme sind einige Jahre alt."
Isabell:
„Aber die Astrologie sollte man nicht außer Acht lassen. Die Anordnungen der Gestirne zeigt doch genau an, was sich momentan auf unserem Planeten zuträgt."
Harrie:
„Naija! ... Für mich fühlt sich das an, wie die Geschichte von damals."
Isabell:
„Damals?"
Harrie:
„Ich lehne es ab, das damalige Geschehen mit Begriffen zu benennen. Aber für mich wiederholt sich hier etwas, was es schon in den dreißiger Jahren gab. Die Geschichte, die du - dabei sieht er Jaques an - uns gerade erzählst, passiert heute in einer anderen feinstofflichen Ebene. Mit der feinstofflichen Ebene meine ich ... ja ihr wisst schon. Wir unterliegen einer globalen Machtlosigkeit."
Jaques:
„Vielleicht sollten wir uns auch die Mythen genauer anschauen," versucht er sich Lustig zu machen über Harries

Spekulationen, womit es ihm gelingt, die Gesprächsdynamik zu beeinflussen.

1938

... Dialog am Genfer See
Jaques hat einen Bogen geschlagen. Erzählt einfach weiter vom Spaziergang von Golda und Jacob. Setzt an derselben Stelle an, wo er aufgehört hat, wiederholt das eine und das andere und hat plötzlich die Zuhörer auf seiner Seite. Mythen waren interessant für Jacob. Er hörte ihr gern zu,
„die Mythen sind dein Steckenpferd. Wo ist er denn der Uranos? Kannst du ihn sehen?"
„Den kann man doch nicht sehen - ich meine mit dem bloßen Auge."
„Erzähl mir mehr,"
„Ein anderes Mal," fährt fort,
„ich bin täglich in dieser Konferenz, wo Menschen verschachert werden."
„Verschachert?"
„Was anderes fällt mir dazu im Moment nicht ein. Deshalb gleite ich gern mal ab in meine Phantasiewelt der Mythen. - Es lässt sich so vieles erklären, wenn man sich die Welt der Götter und Geister genauer betrachtet. Alles ist von Menschen gemacht und erfunden. Man braucht sich nur den Himmel anzuschauen. Da findet man sie alle aufgereiht. Unsere Mythen und Dämonen. Aber ich wiederhole mich."
„Macht nichts, der Mensch hat schon immer den Schutz in kräftigen Bildern gesucht. In den Märchen, die ich meinem kleinen Jaques früher vorgelesen habe, sind sie genauso vertreten, diese Dämonen."
„Ob Märchen oder Mythen", ergänzt Golda
„sie sind überall hineingearbeitet worden. C. G. Jung führte diese identischen Gedankengänge auf ein ‚kollektives Unbewusstes' zurück, dass in jedem Menschen vorhanden ist."

„Du bist wirklich belesen, meine Liebe."
„Nee, nicht unbedingt belesen. Es war meine Schwester, die so viel wusste. Bei ihr traf sich die Intelligenz von Milwaukee. Sie diskutierten über den Menschen an sich, über sein Verhalten, über Freud und natürlich auch seinen Gegenspieler Jung. Und Jung war für uns ein spannendes Thema schon allein wegen unserer Herkunft. Wir kamen doch alle nicht freiwillig nach Milwaukee und Hintergrunde zu ergründen wurde heiß diskutiert. Dabei wurde gequalmt, sodass oftmals eine düstere Wolke über dem Raum schwebte. Oftmals redeten alle durcheinander und einer wusste es besser als der andere."
„Daher hast du also deine Qualmerei?" Warf Jacob ein.
„Jawoll!" Sie musste lachen, muss husten, wobei ihr der Rauch vom letzten tiefen Zug zur Nase herauskommt, „aber wichtig dabei ist, sie hebt ihren Zeigefinger, dass es sich um archaische Strukturen handelt. Dabei ist es ganz egal, welcher Ethnie sie entstammen."
„Wer?"
„Na die Strukturen; sie ähneln sich den verschiedenen Mythologien."
„Und wenn man sie fortschickt ins Universum - ich meine die Dämonen -, dann zähmen sie unser Unbewusstes da oben, und man kann so tun, als hätte es nix mit uns zu tun."
„Der Mensch unterliegt der Gesetzmäßigkeit der Biologie, und Biologie ist Natur, und Natur ist ein Teil des Ganzen, also Himmel und Erde, und daraus folgt, das da oben gehört eben auch dazu," macht eine kurze Pause und fügt hinzu
„habe ich mal irgendwo gelesen. Aber wir sind hier. Hier am Genfer See und befinden uns nicht in einem außerirdischen Raum! Für uns wird es auch hier in Frankreich immer schwieriger werden."
Sie stimmt kopfnickend zu, den an nichts anderes denkt sie die ganze Zeit. Die philosophischen Gedanken dienen eigentlich

nur als Ablenkungsmanöver. Im Hinterkopf hat sie sich bereits auf den dominikanischen kleinen Schmierlappen aus der Karibik eingestellt.
Zwischen Golda und dem Vertreter der Karibikinsel gibt es schließlich ein gemeinsames Thema. Sie kennt den Präsidenten der Vereinigten Staaten, und er, dieser kleine Bruder des Diktators Trujillo kennt den Präsidenten der Vereinigten Staaten auch. Immerhin ist ihr gelungen, den Blickkontakt zu ihm zu halten. Bei jeder Sitzung blinzelt sie ihn kurz an. Völlig in Gedanken an das Comité hat sie Jacob ganz vergessen. Er unterbricht ihren Gedankengang:
„Den Neptun und den Pluto haben wir ganz vergessen."
„Ach, ich war grad so in Gedanken, - du hast sie dir aber gut gemerkt."
Beim Aufzählen nimmt er seine neun Finger zur Hilfe, beginnend mit dem rechten Zeigefinger,
„mein Vater erklärt mir jeden Samstag unsere neun Planeten (Merkur, Venus, Erde, Mars, Jupiter, Saturn, Uranus, Neptun, Pluto). Mit diesem Zauberspruch konnte ich sie mir plötzlich alle merken. Neun Planeten. Neun Tage Évian. Ob das ein Zufall ist?"

Harrie hat gut zugehört. Kennt die Story schon innen und auswendig und will Jaques darüber belehren, Pluto sei gar kein Planet mehr, aber Jaques fährt ihm übers Maul mit den Worten, ‚ich rede von damals!' Und jetzt unterbreche mich nicht in meinem Erinnerungsvermögen!

„Neun Tage Évian-les-Bains. Kein Zufall. Ich mach mich stark für dich."
„Ich denk, uns will keiner haben. Alle haben eine andere Ausrede, warum sie uns nicht haben wollen."

Genau, denkt sie sich, dieser Roosevelt von den Vereinigten Staaten kann auch keine Flüchtlinge gebrauchen, deshalb hat er auch diesen Vertreter aus der Dominikanischen Republik geschickt. Und selbst der kommt nicht persönlich, sondern lässt sich von seinem Bruder vertreten.

Dieser Abend endet in einer langen philosophischen Debatte, wobei Jacob Golda gern zuhört und sie mit Fragen löchert wie, wozu braucht der Mensch die Mythen? Um seine Grausamkeit dahin abzulenken? Geht es nur um die Macht, oder ist es der Beutetrieb, von dem der Mensch seit Urzeiten geplagt wird?

1938

Nur noch wenige Tage im Comité
Neben drei ausgerauchten filterlosen Zigaretten drückte Golda die vierte Chesterfield aus. Hier gab es ihre Marke anscheinend nicht zu kaufen. Mit einem breiten Lächeln über seinem Gesicht gesellte sich der kleine Schmierlappen Trujillo wie selbstverständlich zu ihr an den Tisch. Die Kaffeepause war ein Segen für Golda. Sie war sich sicher, dass dieser kleine Macho wieder auf sie ansprang. Und genauso war es auch. Was sie als Journalistin in Évian berichte, wollte er von ihr wissen, wobei sie die Gelegenheit nutzte, ihm vom britisch verwalteten Palästina, in dem sie lebt zu erzählen. Anscheinend wusste er genau, wo Palästina liegt, und das Leben in Tel Aviv interessierte ihn besonders, worüber sie sich wunderte. Sogar von der Gewerkschaft ‚Histadrut' für die sie arbeitet, hatte er schon gehört. Mindestens tat er so. Und so erzählte sie einfach weiter. Sie erzählte ihm von ihrer Flucht, wie sie als Kleinkind mit ihren Eltern aus Minsk in die Vereinigten Staaten nach Milwaukee flüchtete. Von ihrer Schwester, die in intellektuellen Kreisen verkehrte, wo sie auch ihren Mann kennenlernte. - Jetzt bemerkte sie wie sich sein Gesichtsausdruck veränderte. Konzentrierter wurde. Seine zusammengekniffenen Augen und die immer tiefer werdende Stirnfalte bewegte sie dazu, sich kurz und bündig zu fassen:
„Ich bin Amerikanerin und Roosevelt, der das Comité einberufen hat, bat mich als Journalistin für Palästina teilzunehmen."
Das hatte er jetzt anscheinend alles verstanden. Es war seinen entspannten Gesichtszügen zu entnehmen. Sie fuhr fort,
„er hat dieses Comité persönlich einberufen und mich als Referentin zu diesem Comité eingeladen," und denkt sich dabei, doppelt hält besser.

Aus dem Zusammenhang gerissen, erzählte er ihr, mit seinem Bruder telegraphiert zu haben. Dieser hätte ihm geantwortet und wolle jetzt wissen, um was für junge Männer es sich handele. Wie alt und wie kräftig sie wären.
„Sie haben mir von zwei jungen Männern berichtet, die in unser Land kommen möchten,"
Darauf war sie jetzt gar nicht vorbereitet. Was wollte er denn wissen?
„Ja," ihm besonders freundlich zugewandt „immer noch. Selbstverständlich."
„Und was können diese Männer?"
„Singen", und lachte ihn spontan ein. Aber das war wohl etwas daneben. Verdammt, denkt sie, natürlich braucht er keine Sänger! In seinen Dreiwortsätzen fährt er fort:
„Wir brauchen Männer, die das Feld bestellen, die anpacken können, wie alt sind die Männer?"
Und welche, die zeugungsfähig sind, wollte er wohl noch sagen. Ob Jacob anpacken kann ist fraglich. Und Jaques? Keine Ahnung. Aber zeugungsfähig sind sie sicherlich beide.
„Aber selbstverständlich. Der eine ist Ende dreißig und der andere ist ungefähr siebzehn."
Wie siebzehn sah Jaques nun wirklich nicht aus. Aber er war groß. Und dieser kleine Trujillo hatte sicher keine Ahnung vom Alter der jungen deutschen Männer. Aber sie waren weiß. Und daran war er interessiert. An weißen Männern, welche die dunkle Hautfarbe seiner Bevölkerung aufhellen würde. Trujillo selbst hatte eine Mutter aus Haiti. Sein Gesicht schminkte er täglich mit hellem Puder.
An einem anderen Abend erschien ihr Karibikprojekt sehr zeitig zur Abendveranstaltung der Comedian Harmonist's im Hotel Royal. Unverzüglich suchte sie seine Nähe und nutzte eine Gesangspause, um bei diesem Besuch den Kontakt herzustellen, was ihr problemlos gelang, denn bei diesem Besuch im

Wiener Café machte sie ihre beiden Männer mit Trujillo bekannt und die Begegnung lief problemloser als sie es sich je hätte vorstellen können. Jacob hatte wieder seine charmanteste Platte aufgelegt und Jaques nickte verständlich, sagte Gott sei Dank so gut wie gar nichts, außer ein grummeliges mm. Seine helle Knabenstimme hätte locker sein Alter von fast dreizehn verraten können.

1938

Es ist der Beutetrieb
Heute ist es noch hell. Golda und Jacob haben sich zu einem Spaziergang vor der Abendveranstaltung getroffen. Er schlürft über den Fußweg. Wird zunehmend langsamer. Bleibt stehen. Stützt seinen rechten Ellenbogen auf den linken angewinkelten Arm. Seine Hände fingern um den Mund herum, während ihm jetzt die Gedanken aus seinem Bauch heraussprudeln:
„Es ist der Beutetrieb. Der gehört zu den Urinstinkten der Menschheit. W a r u m werden Kriege geführt.
Es geht um M a c h t und um nichts sonst. Der Jagd und Beutetrieb. Er gehört zu den Urinstinkten der Menschheit."
„Es ist doch nur der Beutetrieb!"
„Ach Liebling, du wiederholst dich"
„der Mensch ist," fährt er fort und lässt sich nicht irritieren „wie ein Wildtier mit seinem Beutetrieb. Es gehört zu seinem Wesen, seine Ernährung zu erbeuten. Zu erbeuten, zu fassen festzuhalten und zu töten. Mit seiner Beute versorgt er seine eigene Sippe. - Genau ist es beim Menschen, der will auch seine Sippe retten und wir gehören nicht dazu, also werden wir von Haus und Hof verjagt.

„Was will dieser Mann mit dem Oberlippenbärtchen eigentlich wirklich."
„Seine Söldner marschieren nach Marschliedern. Alle marschieren mit. Dabei handelt es sich um die intelligentesten Köpfe. Keiner glaubt da so richtig dran, und hier in Frankreich herrscht wohl die Ruhe vor dem Sturm."
Langsam schlürft er neben ihr her:
„Sie glauben, dieser Diktator schafft es nicht. Mein Inneres wehrt sich, seinen Namen auszusprechen."

„Wen meinst du damit: S i e glauben."
„Die Intelligenz glaubt nicht wirklich an die ganzen Vorhaben. Warum schafften sie es nicht, sich zu wehren?"
„Sie wissen genau was da vor sich geht und was geplant ist."
„Stimmt. Den Amerikanern ist bekannt, dass es bald knallt."
„Ich denke", wirft sie ein
„die Intelligenz und der Instinkt sind zwei Paar Schuhe. Die Intelligenz ist in den höchsten Rängen hoch dekoriert. Da herrscht die Macht, von der der Mensch nicht loslässt. Und da sind wir wieder beim Urinstinkt. Etwas Archaisches im Menschen drin. Der Instinkt gleicht dem Beutetrieb. Und der ist seit Urzeiten in unserem Hinterkopf verankert. Wenn wir uns nicht genügend damit auseinandersetzen, landen wir wieder im Mittelalter. Aber wenn wir unsere Intelligenz nutzen, und es verstehen, sie richtig einzusetzen besitzen wir die Fähigkeit gescheite Lösungen zu finden. Hört sich banal an. Ist es aber nicht. Ich habe viel darüber gelesen. In Amerika ist die Literatur dem Menschen zugänglich. In Deutschland ist so gut wie alles verboten, ...

2020

Veranda

... Harrie haut mit der Faust auf den Tisch, dass die Gläser hochspringen:

„Genau, das ist jetzt genau dasselbe! Keiner berichtet darüber, was da denn los ist. Und immer, wenn einer was Fragwürdiges in den Raum wirft, dann sind das Verschwörungstheorien!" Isabell versteht nicht, „was meinst du denn genau?"
„Den Hühnerhof, oder genauer gesagt, den Viehmarkt unweit vom Bio-Labor."
„Was für ein Bio-Labor??" - „Ach so, ich erinnere mich."
„Der oder das Virus - ausversehen ist denen wohl so ein Ding aus dem Labor entwichen und uns wird immer noch erzählt, das Ding kommt vom Hühnerhof oder Viehmarkt" Harrie zieht dabei eine Grimasse.
Isabell, „und der Fuchs hat das Virus ins Labor gejagt."
Benni amüsiert sich,
„also eine Fuchsjagt auf dem Hühnerhof - wäre doch ein Titel für deine Story Isabell."
„Dann doch eher Hasenjagt, Füchse gibts da nicht so viele."
„Komisch," bringt Harrie ein „dass die Reichen immer reicher werden."
Isabell schaut hinauf aufs Meer und beginnt zu niesen, mehrmals hintereinander und unterbricht damit den Dialog, den Jaques nutzt, um von der amerikanischen Literatur weiterzuerzählen, von der Golda berichtet:

1938

Es ist der Beutetrieb
... Jaques wiederholt sich „in Deutschland ist so gut wie alles verboten, wenn es um differenzierte Gedankengänge geht. Viele intelligente Menschen seien nach Amerika ausgewandert."
Golda erzählte über den bedeutenden Einfluss ihrer Schwester. Über die Mythologie, die ihr in diesen Kreisen nahegebracht wurde und in Jacob hatte sie einen interessierten Zuhörer, als sie sich über den Trieb nach Macht weiter ausließ. Das war sein Lieblingsthema oder präziser gesagt, sein Problem, das ihn von morgens bis abends beschäftigte und fährt fort:
„Und die Macht geht mit meistens mit Belohnung einher. Dieser Instinkt ist tief im Menschen verwurzelt. Er waltet losgelöst von Psyche und Intelligenz in allen Zellen unseres biologischen Daseins. In jedem von uns. Der Ursprung des Menschen - wann immer das war - ist geprägt von einem kollektiven Unbewussten. Dieses kollektive Unbewusste ist bei jedem Menschen gleich, egal welcher Ethnie er entstammt. Namenhafte Psychologen haben es anhand ihrer Studien nachgewiesen. Jeder Mensch verfügt über diese unbewusste Macht. - Aber man kann ihr begegnen, dieser Macht.
Der Mensch hätte sich selbst analysieren müssen. Aber das wurde nirgends gern gesehen. Vielmehr wurde vorgegeben, was der Mensch zu denken hatte. Ein instinktives Gefühl für Geschehnisse um uns herum ist nicht gefragt. Der Mensch will nicht wahrhaben, dass er ein Teil der Natur ist."

An einem anderen Abend wurde es am See ungemütlich. Der klare Sternenhimmel hatte sich gedreht. Der Mond war aus

der Hotelperspektive nicht mehr sichtbar. Sie hatten sich für die Hotelbar entschieden. Gewisse Dinge liefen am besten ohne verbale Kommunikation. Jeder fühlte was der andere mag. Alles passte. Gefüllte Gläser mit eisgekühltem Inhalt hinterließen beim Schwenken einen Rand, der auf einen hochprozentigen Inhalt deuteten. Sie gestikulierte ein zuprosten.
„Heute wird nicht gesungen?"
„Ne. Sonst säße ich nicht hier neben dir an der Bar,"
dabei lümmelte er am Tresen und ließ seinen Gedanken freien Lauf. Das Vertrauen zwischen den beiden war regelrecht zu spüren. Immer mehr traute er sich ihr gegenüber zu, seine Augen blickten durch zusammengekniffenen Sehschlitze, während sie ihm den Rauch ins Gesicht blies:
„Du hast zwei Kinder in Palästina, du müsstest jetzt eigentlich bei ihnen sein, so sagt es die Biologie?"
„Ja, aber dann habe ich auch noch einen Kopf und engagiere mich gern ... in der Weltpolitik. Der Vater kümmert sich um meine Kinder" eigentlich müsste man die Momente festhalten, in denen sie sich nicht an einer Zigarette mit dem langen Mundstück festhält,
„und dein Sohn Jaques ist bei dir. Wieso nicht bei seiner Mutter?" Sie war geschickt darin, den Fokus auf Jacob zu wenden.
„Wo ist die Mutter deines Sohnes? - Wie heißt sie eigentlich?"
„Ruth. Sie ist ihrem Bauchgefühl nachgelaufen. Diesem blöden Miron. So richtig kapiert habe ich das nicht mit diesem Klavierklimperer. Sie war seine Schülerin. Aber da gab es noch andere Schülerinnen. - Er betätschelte alle seine Schülerinnen."
Jetzt macht er einen großen Schluck und gestikuliert, dem Menschen hinter der Bar einen neuen Drink.
„Woher willst du das wissen?"
„Was!"
„Dass er alle betätschelt hat!"

„Es war so!"
„Sensibles Thema?"
Das Thema gefällt ihm nicht. Er wechselt das Thema. Völlig aus dem Zusammenhang gerissen meint er,
„hier merkt man nichts. Aber eines ist klar, auch aus Frankreich müssen wir bald wieder weg. Deutschlands Truppe ist auch schnell hier."
„Davon kann man ausgehen."
Sie erzählte ihm vom Kongress und den unmöglichen Umständen, die dort herrschen, erzählte ihm von ihrem Unverständnis darüber, was die Vertreter der einzelnen Länder in Évian-les-Bains überhaupt zu suchen hätten. Niemand hätte die Intention, Flüchtlinge bei sich aufzunehmen. Sie argumentieren mit eigenen Problemen, die sich durch die Aufnahme deutscher oder österreichischer Flüchtlinge verschlimmern würde. Soll das einer verstehen. Ich habe keines der Argumente verstanden. Sie sind einfach herzlos, finde keine Worte. Dann lenkte sie das Gespräch auf diesen Trujillo aus der Dominikanischen Republik.
„Und d e n werde ich mir noch mal vorknüpfen."
„Wo ist das überhaupt. Ich wollte nicht fragen als er dabei war. Ging ja auch alles so schnell."
Sie klärte ihn über die Lage der Insel Hispaniola auf. Sie drückte ihre bis zu den Fingern runtergerauchte Zigarette vor sich aus. Ihr Mundstück hatte sie im Hotel liegen lassen. Dann nahm sie ihre flache rechte Hand und legte sie auf die Oberfläche des Tresens der Bar,
„hier rechts ist Europa, und hier links vom Atlantik ist Amerika", Amerika, dachte sie, hörte sich für Jacob immer gut an, und gestikulierte weiter mit der linken flachen Hand,

„und wenn du ein Stück weiter nach unten gehst, dann kommst du zu der Insel Hispaniola; die liegt in der Karibik."
„Und wer ist mit dieser Trujillo, den du uns neulich vorgestellt hattest?"
„Der hatte positives zur Aufnahme von Flüchtlingen signalisiert."
Es schien als könnte Jacob mit dieser Information nicht so richtig was anfangen und ein Wort ergab das andere. Sie erzählte ihm von ihrer Arbeit als 'National Secretary' für die Pioneer Woman in den Vereinigten Staaten, für die sie nach dem Kongress unterwegs war. Sie hatte einen Posten in der Gewerkschaft und war zuständig für die Übertragung sozialistischer Prinzipien in das tägliche Leben.
„Ach alles viel zu kompliziert im Moment, du hast so eine hübsche Bluse an". Am liebsten hätte er ihr in den Ausschnitt gefasst, das ging nicht, aber glotze in ihren Ausschnitt hinein, als würden ihm gleich die Augen rausfallen.
„Wir könnten doch auch auf deinem Zimmer weiterreden," was beide zum Anlass nahmen, ihre Gläser zu leeren und die gemütlichere Variation der Zweisamkeit aufzusuchen ...

2020

Veranda
... „du redest hier dauernd vom Vögeln und neben mir sitzt meine neue Braut, die ich noch kein einziges Mal gevögelt habe."
Bei dem Kommentar verdreht Isabell ihre Augen in alle Himmelsrichtungen, hält sich aber zurück mit ihren Gedanken ‚dieser Macho! Genauso habe ich ihn eingeschätzt, wenn er doch mal still wäre.'

1938

Es ist der Beutetrieb
... Golda: „Wenn der Kongress beendet ist, werde ich nach New York mit dem Schiff fahren, ich glaub dieser Trujillo Bruder fährt in die Richtung."
Bei New York quollen Jacob die Augen über. Es geht aber nur an New York vorbei. Das wäre für dich ein Umsteigepunkt. Nix mit Visum.

1938

Überseepassage - Cherbourg New-York Santo Domingo -
Oft erzählte Vater noch von Golda und bekam dabei ganz glänzende Augen. Auch er verehrte sie.
Mit unserer Passage wurden wir von einem Diktator zum anderen Diktator verschachert. In erster Linie waren Männer willkommen, wie ich schon erzählt habe. Ich war groß geraten, in der Pubertät und musste wie ein junger Erwachsener wirken, was mir gut gefiel, denn Kinder wollten sie dort ja nicht haben. Wenngleich Vater ein anderes Ziel hatte, stand fest, dieser „Trujillo" machte ein Angebot und so kamen wir auf diese Karibikinsel ...

2020

Veranda Sosúa
... „das war doch eine gute Wahl," hakt Isabell ein.
„Und hier können wir uns noch einigermaßen frei bewegen. Wer hätte das gedacht, vor allem in unserem hohen Alter. Wir können doch nicht ewig warten, bis dieser Mist vorüber ist."
„So viel Zeit bleibt uns nicht mehr," bestätigt ihn Benni. Harrie wird wieder hellhörig: „Und wer hat eigentlich ein Interesse an diesem globalen Geschehen?"
Isabell:
„Das könnte doch dieser ‚Amazon-Fuzzi' sein."
„Genau, der sitzt jetzt sicher auf seiner eigenen Karibik Insel und lässt nur seinen eigenen Hofstaat einfliegen."
„Und auch nur mit negativ Test."
„Von wem - bitte schön - sprecht ihr?"
Harrie:
„Bildungslücke! Absolute Bildungslücke! - Das ist der reichste Mann der Welt, aber Amazon kennt jeder. Einer der Gewinner dieser Geschichte. Das ist ein Kampf der Wirtschaft."

Wer kämpft hier eigentlich gegen wen? Diese Frage erlangt eine heiße Diskussion. Sie reden über alles, was ihnen dazu einfällt wie, - damals sind die Leute abgehauen und heute müssen alle zuhause bleiben. Wird ‚Lockdown' genannt. Ein hin und her der Debatte über das Thema, wieso niemand danach nachfragt w o h e r dieser Mist kommt und w e r dafür die Verantwortung trägt, scheint in einer - never ending story zu landen. Es ist, als befinden wir uns auf dem Grund eines riesigen Misthaufens, der uns die Luft wegdrückt. Vielleicht wollen die nur mal ausprobieren, wie der Mensch an sich funktioniert. Überregional. Global. Oder doch nicht Global. Sind nicht alle doof. Es gibt auch noch die Skandinavier. In einem Punkt sind sie sich einig. Sie fühlen sich verarscht.

Aber! Einig sind sie sich auch, dass sie es mit ihrem Dasein auf der Karibikinsel momentan wohl am besten getroffen haben. Sie spinnen sich darüber aus. Genehmigen sich zunehmend mehr Rotwein.
Wo sitzt dieser Amazon Fuzzi eigentlich auf dieser Antillen Insel? Kommen dabei auf die Idee, man könnte ihm doch ein Geschenk bringen. Wir laden uns ein zu einem Tee und bringen ihm ein - luftiges Geschenk - mit.

Harrie:
„Aber da gibt es auch noch den Herrn Google. Dem Typ gehört der Rest der Welt."
Benni:
„Du redest von Billy"
Harrie scheint bis aufs Kleinste informiert, wenn es um die Zusammenhänge geht, „Billy hat die WHO gekauft. Die ganzen Unternehmen gehören ihm und seiner Frau."
„Woher willst du das alles wissen."
„Recherchiere und du wirst alle Unternehmen finden, die mit ihm verbandelt sind. Billy will seinen Impfstoff verkaufen. Es geht um Geld, Pharma-Fuzzis und um alle die Mächtig sind."
Isabell:
„Und die reichsten vier chinesische Banken verfügen über fast fünfzehn Milliarden USD."

„In den Größenordnungen kann ich gar nicht denken meint Harrie."
„Weil du nichts auf die Füße kriegst," kontert Jaques „du weißt gar nicht wie man Geld verdient."
„Ich würde ja gerne Geld verdienen. Aber als Musiker ist das schwer, wollte ja nach Europa, um mich dort nach einem Engagement umzusehen. Nun dreht sich die Welt anders. Hör auf, ewig auf mir rumzuhacken." Jaques reagiert nicht.
Bennie versucht einzulenken:
„Auf welcher Luxusinsel könnte Billy sich denn aufhalten?"
„Mosquito Island" vielleicht, meint Isabell „das gehört bestimmt irgend so einem Hai, der sich ein Prestigeobjekt auf seine Privatinsel gebaut hat. Sie suchen ultimative Rückzugsorte mit einer Sphäre von Abgeschiedenheit."

Harrie:
„Vielleicht sitzt er da, der Amazon Fuzzi oder der Google Fuzzi. Ist ja gar nicht weit von uns aus. Da könnten wir gut einen Ausflug zu den Jungfern Inseln machen. Benni, du hast doch so einen schnellen Wasserflitzer."
Er lacht. Isabell ortet die Jungfern Inseln auf ihrem Handy und entdeckt Mosquito Island. Eine kleine Insel, die einem Privatmenschen gehören soll. Ein zauberhafter Sonnenuntergang ist dort zu sehen. Keine Touristen. Momentan sowieso nicht. Sie malen sich aus, ob sie diesen ‚Besen', wie Harrie den Amazon Menschen immer nennt, vielleicht dort antreffen könnten. Sie könnten ihn besuchen. Er hat ein Raumfahrtunternehmen. Sie könnten ihn zum Mond schicken. Blue Origin. - Weiter findet sie Beschreibungen von ‚faszinierenden Klippen, Bilder von stillen Stränden, die von hohen Palmen gesäumt sind. Blauer

Himmel, grüne Hügel und unvergesslichen Sonnenuntergänge. Doch dann entgegnet Jaques mit einem abweisenden Geräusch und erklärt, sämtliche Attraktivitäten selbst vor Ort zu haben, schließlich brauche er dazu nur aus dem Fenster zu gucken. Isabell, die sich nicht irritieren lässt beschreibt die genaue Lage der Jungferninseln, wozu auch ‚Mustique Island' gehört.

Nicht weit weg von Hispaniola liegen sie im westlichen Teil der kleinen Antillen. Und viele Möglichkeiten, wo dieser Fuzzi sich aufhält, kann es laut Isabells Recherche nicht geben, denn es gibt nur ein großes Anwesen mit superschönem Sandstrand und einem Anlegeplatz für Privatjachten. Die Begeisterung steigt. Sie beschließen einen ‚kleinen' Ausflug zu machen. Bennis Motorboot ist gewartet. Die Seeroute wird ausgearbeitet ...

1938

Wo war ich stehengeblieben?
Genau bei der Überseepassage

... die Überseepassage war an die Bedingung geknüpft, dass Vater in der ersten Klasse singen musste. Scheußliche Lieder von Zarah Leander. So tief habe ich seine Stimme früher nie erlebt. Er hasste das Timbre mit dem er „Ich weiß es wird einmal ein Wunder geschehn" imitieren musste und war froh, als die ganze Veranstaltung abgesagt werden musste wegen Orkanstärke auf dem Atlantik.
Die Passagiere der ersten und zweiten Klasse sind beim Einschiffen. Die Schlange wird kürzer. Ich hinkte ungeduldig von einem Bein auf das andere, während mein Vater die Tickets zusammensuchte. Ein Windstoß wehte Vater den Hut vom Kopf. Jaques! Renn ihm nach wurde ich ermahnt und bekam ihn kurz bevor er ins Wasser wehen wollte zufassen. Mit lautem Tuten und Ruß aus den Schornsteinen legte das Schiff ab. Die letzten Seile wurden abgewickelt. Nur wenige Menschen standen am Pier. Sie winkten den Abreisenden zu. Vater und Sohn waren vom Pier aus an der Reling zu sehen. Es schien, als würden ihre Gesichter immer länger werden. Aus der Ziehharmonika war abgequetschtes ‚Muss i denn ...' zu hören.
Wir hatten in Cherbourg im äußersten Norden Frankreichs abgelegt. Der Dampfer kam aus schon aus Bremen. Schon nach kurzer Zeit war die See so stürmisch, dass überall Seile gespannt wurden. Nachts lag Vater immer wach. Ich wurde geblendet von seiner Funzel, mit der er las. Immerzu vertiefte er

sich in seinen Spinoza. Er war wach und ich musste kotzen. Es war, als würde diese Fahrt nie mehr Enden, ich hangelte mich hoch an Deck, aber die frische Luft beruhigte meinen Magen genauso wenig.

Wenn ich meinen Vater so ansah, kam es mir vor als versteckten sich seine Augen direkt neben der Nase dicht beieinander hinter einer runden Brille, die grundsätzlich auf seinen hohen ausgeprägten Nasenhügel rutschte.

Zum Singen nahm er seine Gläser ab, wodurch er noch ganz passabel erschien, sofern sein Schnurrbart gepflegt war. Man konnte ihm die schwierige Vergangenheit ansehen. Die ewige Verfolgung, die Trennung von Mutter, all das machte ihn mürbe. Ständig signalisierte er mir, wenn sie nicht abgehauen wäre, wäre alles leichter und erinnerte mich an damals, als wir drei gemeinsam für bevorstehende Konzerte übten. Vor meinem Stimmbruch habe ich die weiblichen Rollen übernommen, wenn er seine Arien zum Vorsingen probte. Die Arie der 'Michaela' aus Carmen konnten wir besonders gut. Mutter begleitete uns am Flügel. Sie konnte schön spielen. Ich mochte ihre Kaffeehausmusik, wenn ihre Finger in einer rasenden Geschwindigkeit über die Tasten glitten, als bewege sich eine Automatik. Hin und wieder glaubte Vater sie mit seiner alten Fiedel begleiten zu müssen, mit der er dann so entsetzlich daneben griff, dass aus der Harmonie eine riesige Lachpartie wurde, weil sie ihre Miene in Richtungen verzog, wie das sonst niemand konnte, ich konnte nur noch lachen.

Mutter fehlte uns. Wir wären auch gern nach USA übergesiedelt. Schließlich hatten sich in USA die Berühmten, die Reichen, die Banker, und was nicht noch alles angesiedelt. Selbst Roosevelt war doch einer unserer Glaubensbrüder. Warum der uns nicht aufnehmen wollte machte Vater immer wieder aufs Neue wütend, dabei war es ein Segen, dass Golda ihm und mir die beiden Visa in die Dominikanische Republik zum Trujillo besorgt hatte. In unseren deutschen Pässen befand sich noch kein zusätzlicher Vermerk unserer Ethnie. Nur deshalb war es möglich, dass Vater die allabendliche Gesangseinlage bekam. Trotzdem glaubte Vater immer noch an ein Visum von der Einwanderungsbehörde am Hafen von New York. Umso schlimmer empfand er es nach der Ablehnung, dass der große Retter Roosevelt uns an einen Trujillo verhökert hatte. Zu diesem Zweck hatte er die Bananenplantage Chiquita von 'FRUIT OF THE LOOM' zu einem Dumpingpreis an Trujillo verkauft, damit die deutschen Einwanderer dort ihre Provisorien starten konnten.

Zurück zu Vaters Job. Der Job war der Preis für unsere Überfahrt. Wäre da nicht dieser Barpianist gewesen, mit dem Vater sich überhaupt nicht verstand. Vater war ausgeflippt. Mutter konnte sich hineindenken. Sie wusste sofort, an welcher Stelle sie mit ihrem Piano einsetzen musste, damit Vater und ich nicht aus dem Takt kamen. Aber dieser Barpianist verstand das wohl anders. Vater hatte sich auch an diesem Abend wieder mit ihm angelegt.
Nachts kramte er dann wieder seinen Spinoza hervor und versuchte, seinen sublimierten Frust an mir auszulassen:
"Warum sie sich mit dem Miron nach New York abgesetzt hat," fluchte er jetzt laut vor sich hin.
Aber woher wusste der Alte das eigentlich, fragte ich mich jedes Mal? Bis er sich irgendwann mal geoutet hatte, weil meine Fragerei ihm auf den Geist ging.

"Woher wusstest du das?"

„Aufgesucht hatte ich ihn," gestand er mir und dabei löste er seine Hände vom Kopf, ballte sie zu Fäusten neben sich,

„diesen Klavierspieler! Nach meinem Sturmgeläute als niemand öffnete, ging die Tür von innen auf. Jemand kam raus und ich rein. Hatte oben dann mit beiden Fäusten gegen die Wohnungstür getrommelt."

„Wieder niemand da?"

„Niemand. Aber die Nachbarin. ‚Jetzt lassen Sie's mal gut sein.' Herr Miron ist abgereist, - mit seiner hübschen Braut, fügte sie dann noch hinzu."

„Die hübsche Braut war also Mutter".

„Sind ausgereist ... in die USA, glaube ich".

"Herr Miron hat für sich und seine Braut ein Visum bekommen - oder war es nur ein Engagement? So genau weiß ich das nicht mehr. Diese Nachbarin von Mutters Liebhaber Paul Miron schilderte ihre Beobachtungen so genau, dass ich geglaubt hatte, sie hatte den ganzen Tag hinter ihrer Tür gestanden und gelauscht. "

Nach einer Atempause fuhr er fort:

"Ja genauso ist es damals abgelaufen. Jetzt weißt du alles zu Mutter. Hattest du gedacht, ich habe sie einfach so gehen lassen?"

Es war die körperliche Nähe in unserer Schiffskabine, die Vater dazu bewegte, zunehmend mehr von sich selbst kundzugeben.

So hatte er mir damals nach und nach all seine Recherchen verraten, die er unternahm, um Mutter aufzulauern. Zu dumm, dass Golda nicht hier ist, ging mir fortwährend durch

den Kopf, - wäre sie hier, würde ihm ein ganz anderes Thema durch den Kopf schweifen. Die Schiffsfahrt wurde von Tag zu Tag ungemütlicher, weil wir nicht von den üblichen Herbststürmen verschont wurden. Wir waren ganz unten untergebracht. Es sechs Wohndecks, die gingen vom hellen Bootsdeck für die vermögenden bis runter zum D-Deck, wo unsere Kabine unweit der Maschinenräume lag. Tagsüber hielt ich mich auf dem Promenadendeck auf, während Vater schlief. Abends gab es die neuesten Kinofilme. Wieder mit dieser blöden Zarah Leander, die er nicht ausstehen konnte. Oft musste er abends nach elf Uhr noch in der Bar weitersingen. Vorher gab es Tanzabende und Vater hatte eine blonde kurvige Amerikanerin im Auge, die aber in Begleitung war. Er nutze jede Minute, sobald ihre männliche Begleitung außer Sichtweite war, um mit ihr ins Gespräch zu kommen. Dabei redete er mit Händen und Füssen. Wahrscheinlich hat er ihr wieder die Story erzählt, dass er dabei sei, sein Einreisevisum über Albert Einstein in die Wege zu leiten, denn dieser Physiker verfügte seinerzeit über ein Einwanderungsbüro in den Staaten. Für diese Zwecke hatte er sich auch bei dem Funker eingeschleimt. Sein Raum befand war nicht sehr weit von unserer Kabine entfernt. So kam es dass er eines Abends nach der Spätvorstellung den Funker weckte, der vor seinen Apparaturen döste. Er schien sich ziemlich erschrocken zu haben, als Vater vor ihm stand und ihm eine Notiz mit der Adresse mit Albert Einsteins Einwanderungsbüro vor die Nase hielt.
"Er hat schon vielen Künstlern zur Einreise verholfen."
Der Funker rieb sich die Augen.
"Das ist doch viel zu spät für ein Visum. Kennen sie ihn persönlich?"

"Aber versuchen"
"Ich darf nicht privat funken"
Die beiden redeten eine ganze Weile. Später erhielt Vater die schriftliche Nachricht, Herr Dr. Einstein befinde sich derzeit bei seinem Freund Dr. Albert Schweizer in Afrika. Damit war das Thema Albert Einstein vom Tisch und der Funker war in Vaters Augen unfähig.

Ich wartete in unserer knarrenden Kabine und es war, als spüre man jede Welle des Ozeans. Unsere Betten lagen übereinander. Vater lag unten, weil es ihm zu beschwerlich war, immer hochzuklettern, was auch mit seinem Alkoholspiegel zu tun hatte. Am nächsten Morgen kramte er in seinen Klamotten herum. In seinem Koffer suchte er nach einem sauberen Hemd, fand seine einzige Fliege, redete mit seinem Koffer, "hoffentlich krieg ich heute Abend überhaupt einen Ton raus."

In der feudal ausgestatteten Cocktail-Bar klimperte sich der Pianist auf seinem Flügel ein. Langhalsige Damen in Abendgarderobe am Arm von gut gekleideten Herren nahmen Platz auf den komfortablen Klubsitzen. Die Tische waren aus dunklem Holz geschnitzt.

An diesem Abend war Vater war zeitlich knapp. Er wollte nur ein kleines Nickerchen vor der Spätveranstaltung machen, wobei er aber tief und fest einschlief. So tief schlief er nachts nie, wenn er schlafen durfte. Musste sich einen Maulkorb vom Pianisten einholen. Er atmete einmal tief durch, verneigte sich vor der vornehmen Gesellschaft, die inzwischen alle Clubsessel um die Tische herum belegt hatte.

Der Pianist begann, und Vater sang, mit harter Stimme auf ein starkes Timbre bedacht:

„Ich weissss..." dabei kamen seine gut erhaltenen Zähne besonders zum Vorschein, verbargen jedoch jegliche Ausstrahlung eines Lächelns"...es wird einmal ein Wunder gescheeeehn und dann werden tausend Wunnnderr wahr."
Jeden Nachmittag übte er sich in das Timbre der Zarah Leander ein, um sein Repertoire zu vervollkommnen.

Die Absage des Funkers, Albert Einstein nicht erreicht zu haben geisterte Vater wie ein Spuk im Kopf herum. Den Spuk konnte man ihm von weiten ansehen. Der allabendliche Spätauftritt in der Bar passte eigentlich nicht in sein Vergnügungsrepertoire. Viel lieber wäre er um Fräulein Amerika, wie ich sie nannte herumgeschwänzelt.
Wie üblich spielte sich der Pianist auch an diesem Abend leise in die Melodie ein. Mehrere Herrschaften hatten sich um mich herum platziert. Dazwischen mal wieder ich wie ein Groschen Falschgeld. Wenn sie bloß nicht so affektiert vornehm täten. Gucken zwar freundlich, irritieren mich aber unentwegt. Starrte auf meinen Schnürsenkel, einer ist offen, dann auf ihre Schuhe und hebe meinen Blick langsam zum Busen der Dame. Dann begann der Pianist lauter zu spielen. Ich schrecke zusammen. Hatte ihn ganz vergessen. Haute die tiefen Töne in die Tasten für:
„Davon geeet die Weltt nicht unnnter ...."
Ich sah Vater tief durchatmen und immer, wenn er so tief in sich hineinatmete, wusste ich, dass danach eine Explosion folgen konnte, nur sah das Ausmaß jedes Mal anders aus. Er begann mit dem Timbre von Zarah Leander die ersten Takte aus sich raus zu quälen. Normalerweise konnte er problemlos vom Tenor zum Bariton wechseln, aber er hatte seine

Baritonstimme bereits in Rage gebrummt und eine Karikatur aus sich selbst gezaubert, als er aus seinem Käfig herausplatzte. Und während er sich so aufblies riss auch noch der mittlere Knopf seines weißen Oberhemdes ab. An dieser Stelle sprang sein Oberhemd auf.
Laut: „Das war so nicht geplant! -
Ich bring doch keine Nazipropaganda!"
Die vornehmen Damen erstarrten, selbst Fräulein Amerika reagierte erschrocken. Mit seinem Auftritt hatte er es mal wieder geschafft, die Dynamik der Abendgesellschaft über den Haufen zu werfen. War auch nicht das erste Mal. Meine Mutter konnte Arien darüber verfassen. Das war auch der Grund, weshalb sie mit dem Pianisten in die Vereinigten Staaten flüchtete. Jedenfalls dachte ich das. Das war genau ein Jahr her. Nun stand er da. Mit sich allein und seinem Anhang.
Die Damen wollten sich nicht beruhigen. Sie waren ihm eigentlich gut gesonnen. Aber Ausbrüche dieser Art überforderte das Publikum. Mit seinem Auftritt hatte er es mal wieder geschafft, alle Beteiligten zu verunsichern. Als die freundliche Dame mit ihrem hellen Dekolleté sich erhob und ihre Nachbarin anstieß, um die Veranstaltung zu verlassen, stellte ich mich auf meine Füße, mein Schnürsenkel war immer noch offen, und holte zweimal tief Luft, bis zum letzten Rippenbogen und appellierte an meine knäbliche Sopranstimme.
Meine Sopranstimme, die mitunter in Mezzo-Sopran wechselte, gab alles her.
Ein holländischer "Mama" Sänger Heintje, der einst die Omaherzen höherschlagen ließ, hätte es nicht besser trällern können.

Die Aufmerksamkeit richtete sich auf mich. Ich legte einfach los. So richtig aufrecht, geradestehend und Kopf hoch, wie Mutter immer sagte, brachte ich als knapp 13-jähriger bereits eine körperliche Höhe von fast 1,60 cm zustande. Bizets Duett aus Carmen war mir in diesem Moment sofort präsent. Es kam im dritten Akt vor und hieß: "Je dis que rien ne m'epouvante" auf Deutsch so viel wie, ich sage, dass mir nichts Angst machen kann.

Es war dieser Ohrwurm, der mich noch tagelang begleitete, wenn ich gemeinsam mit Vater dieses Duett übte und Mutter uns am Flügel begleitete. Das war meine Erinnerung an Mutter.

Der brüllende Alte fing sich, und ich erinnere mich wie er sich langsam in die Tenorstimme des Leutnants Don José einsang. Es schien, als hatte unser Duett Anklang gefunden. Damit erhellte sich Vaters Stimmung. Er erblickte Fräulein Amerika, die ihm und insbesondere mir zuklatschte. Ihre Zigarettenspitz klemmte dabei in ihren zusammengekniffenen Lippen. Wahrscheinlich gefiel sie ihm deshalb so gut, weil sie ihn mit der qualmenden Zigarette an Golda erinnerte.

Spät abends in der Kajüte brannte Vaters Funzel wieder stundenlang. Ich war grad mal wieder am Dahindämmern kurz vor dem Einschlafen. Er las mir vor:

"Man darf keine Angst haben. Glaube nur an dich selbst. Das sagte Spinoza im 17. Jahrhundert schon."
Nachts in der Kajüte, bestens gelaunt mit seinem Quantum Beaujolais in sich hineingekippt, fing Vater wieder vom Spinoza an, der angeblich sogar von Goethe zitiert wurde. Er bekam trotz Beaujolais Abfüllung kein Auge zu.
"Siehst du ... genauso wie Goethe, der hat es auch so gesehen in seiner Abfolge von Betrachtungen über sein Leben"
Ich bin müde. Jetzt kommt der auch noch mit Goethe und dabei dozierte er mit erhobenem Zeigefinger aus seiner unteren Koje heraus mir nach oben zugewandt. Aber er hörte mich gar nicht.

"So närrisch macht den Menschen die Furcht" las er vor „der Aberglaube ..."
in der Hoffnung, dass er endlich still ist, konterte ich,
"bin doch gar nicht abergläubisch."
"Aber es ist die Furcht," doziert er weiter,
„sie ist es die den Aberglauben erzeugt und ihn nährt und ihn begünstigt".
"Meinst du diesen ‚Spinner'?"
"DU hast Latein gehabt!"
"Wenig"
"Spinoza kommt von Spinozus und von Spina. Und Spina bedeutet so viel wie, ‚voller Dornen' oder von einem dornigen Ort.
Er bewunderte ihn."
"wer du oder Goethe oder Spinoza?" Wenn er doch endlich still wäre. Ist er aber nicht.

"Seit wann rede ich von mir in der dritten Person! ... ", ließ er sich nicht unterbrechen.

"Goethe zeigte Bewunderung darüber, dass Spinoza schon damals im 17. Jahrhundert Argumente geliefert hat wie, - und jetzt hebt er wieder seinen Zeigefinger - lass die Liebe fließen und befreie dich von den Erwartungen etwas zurück zu bekommen. Er gab ihm ein inneres Gleichgewicht. Er fügte hinzu, Herz Geist und Verstand suchten sich mit notwendiger 'Wahlverwandtschaft' und durch diese kam die Vereinigung der verschiedenen Wesen zustande."

„Wahlverwandtschaften?" Immer wenn er zu viel getankt hatte, gelang es mir am besten ihm Kontra zu geben.

„Und 'Golda' wäre dann deine 'Wahlverwandtschaft' gewesen. Die hat dich aber nicht haben wollen, und deshalb musst du jetzt hier dieses Scheiß Zeug trällern."

„Ich wehre mich eben dagegen. Mit Erfolg wie du gesehen hast!" Jetzt hatte ich ihn endlich vom Thema abgebracht und er lobte mich für meinen Gesang.

„Aber du hast dich hervorragend eingebracht. Das war ein Auftritt wie in der Oper. Ich glaub die Leute dachten, es gehört so."

„So ist es. Du kannst froh sein, dass mir mein Sopran nicht abgehauen ist und ich nicht plötzlich wieder im Bariton gelandet bin."

"Die Kabine beginnt sich um mich zu drehen."

"Weil du so viel Beaujolais reingeschüttet hast."

"Alles dreht sich mein 'kleiner Jaques', so nannte er mich immer, wenn er nur noch lallen konnte und lallte weiter irgendein Zeug von Spinoza, das ich nicht verstehen konnte. Wenn er besoffen war konnte er es nicht lassen sich abermals zu rechtfertigen, und fuhr fort:

„Siehst du, wie die Vernunft von unseren Emotionen geknechtet wird? Fast hätte ich meine Seele vergewaltigt und mich auf diese Nazipropaganda ...",

dann schlief er ein. An die Geschichten von Spinoza erinnere ich mich sehr gut. Schließlich war es immer dasselbe, was er mir vorlas. Die meisten Buchseiten fehlten ja, weil der Platz der vielen Seiten als Versteck für den locker gemachten Bargeldbetrag von Vaters Freund Aron Kirschenbaum diente. Der Gelddrucker, wie wir Kinder ihn immer nannten war Vaters bester Freund und sein Sohn Benni war mein bester Freund. Benni und viele andere Freunde fehlten mir sehr.

1938

Miss Liberty
New York
Mit den abendlichen Auftritten meines Vaters hatte auch ich das Glück, abends in der ersten Klasse zu verweilen und mit den jungen Mädchen anzubandeln. Aber es fehlte mir am Outfit. Mit fiebrigen Augen schaute ich ihnen hinterher und selbst nachts im Schlaf himmelte ich jene jungen Mädchen an, aber sie waren nicht für mich bestimmt. So sehr ich mich auch bemühte, ich passte einfach nicht in diese vornehme Gesellschaft. Vater auch nicht. Dafür freundete er sich nicht nur mit dem Schiffskoch an, sondern hatte ganz gezielt den Kontakt zum Funker aufrecht erhalten mit der Hoffnung, Albert Einstein ist vor unserer Ankunft in New York heimgekehrt. Dann hätte er noch die Chance gehabt, sein 'Immigration Office' anzufunken. Er besuchte den Funker regelmäßig und brachte seinen Rotwein mit, den er vom Koch abgestaubt hatte. Irgendwann in den frühen Morgenstunden als ‚Miss Liberty' in Sicht war, gab er seinen Plan auf. Jetzt hielt er mir Vorträge über eine römische Göttin. Diese römische Göttin der Freiheit in Bronze gegossen rückte immer näher und ihren Sockel mitgerechnet ragt sie fast hundert Meter auf ihrer kleinen Insel hervor und symbolisiert die amerikanische Unabhängigkeit. Und so steht sie heute noch da. Viele Gedanken gingen Vater durch den Kopf:
"Ob er wirklich so unabhängig ist dieser ‚Roosevelt', der verliert doch die Wahlen, wenn er uns auch noch aufnimmt. Ist doch gefangen in der Welt-Wirtschafts-Krise und lässt auch niemanden in sein Land. Alles hatte begonnen mit dem

Börsenkrach 1929 und daraus folgte der starke Rückgang der Industrieproduktion. Bankenkrisen folgten, und ein Al Capone blühte auf. Oder war der schon früher? Die Bankenkrise zog sich durch bis nach Deutschland. Die deutschen Banken bekamen keine Gelder mehr, die sie für ihre Schulden des ersten Weltkrieges abzuzahlen hatten. Alles hing miteinander zusammen.

Irgendwo musste das Geld doch herkommen. Alle Minderheiten wurden verfolgt. Sie mussten ihr gesamtes Guthaben offenlegen. Vater auch. Von denen holte man die Kohle. Und von uns. Und jetzt ragt eine ‚Miss Liberty' aus dem Meer hervor und will für die amerikanische Unabhängigkeit plädieren. Die deutschen Einwanderer sind hier unerwünscht. Bringen ‚Roosevelt', der auf Deutsch Rosenfeld heißt, aus dem Takt mit seinen neuen Wirtschafts- und Sozialreformen des „New Deal" mit dem er den USA neue Hoffnung machen wollte. Mit einreisenden Glaubensbrüdern aus Deutschland konnte er seine Wahlen nicht gewinnen. Das hätte bedeutet noch mehr arme arbeitslose Menschen.

2020

Veranda
...Also, die haben bei Miss Liberty angelegt. Er war erfolglos mit seiner Einreise auf dem Kontinent der USA. Aber wir könnten es doch mal bei Billy probieren, witzelt Harry.
Isabell:
„Genau, die Seeroute braucht ihr nur noch auszuarbeiten. Meint ihr, Bennis Motorboot schafft das?"
Die Begeisterung, auf einem zauberhaften Sandstrand mit einem eigenen Anwesen anzulanden, begeistert die vom Rotwein beschwingte Gesellschaft zum Abheben in unendliche Träume.
Harrie:
„Guck mal nach einem privaten Anlegeplatz."
Isabell:
„Hab' ich doch schon, wir müssten also an Puerto Rico vorbei und dann ziemlich westlich nach unten zu den Kleinen Antillen. Da wirds immer schöner. Ist aber die Frage, ob er wirklich auf Mustique ist."
Harrie lehnt sich über den Tisch ganz nah zu Jaques und flüstert ihm ins Ohr:
„Pass auf, wir schlafen unseren Rausch aus und morgen machen wir vier uns auf den Weg nach Mustique."
Jaques, Benni und Isabell erklärten sich einverstanden. Sie empfanden es als eine schöne Abwechslung und ein bisschen Abenteuer. Schließlich handelt es sich um eine Privatinsel, die nur einem privilegierten Privatmenschen gehört. Der Besitzer sollte doch eigentlich Billy sein, aber so viel sie auch

recherchierten, sie fanden keine konkrete Antwort. Das Einzige was sicher war, das war die Privatinsel, die nur von Prominenten besucht wurde wie Prinz Willi und anderen. Die Besucher kamen scheinbar nur auf Einladung. Nach einer ruhigen Nacht trafen Jaques, Benni, Isabell und Harrie sich am Anlegesteg. Bennis Jacht hatte genügend Schlafplätze. Sie hatten sich vorbereitet wie Seeleute, die eine Karibikkreuzfahrt antreten. Schließlich trug jeder einen bis oben hin gepackten Seesack. Hoffentlich halten die beiden Alten das durch, säuselte Harrie Isabell ins Ohr. Und falls nicht, dann legen wir sie eben in ihre Kajüten zum Schlafen meinte Isabell. Auf jeden Fall wird es ein ‚Event' das uns lange in Erinnerung bleibt und uns zusammenschweifen wird. Isabell hatte eine emotionale Nähe insbesondere zu Jaques entwickelt. Er hatte so etwas väterliches für sie. Ganz anders als Harrie, der ständig den Macho raushängen musste. Sie kam einfach nicht dahinter, was für ein Typ er denn wirklich war. Authentisch allein war für sie Jaques. Spät abends klingelte noch das Telefon. Thilda war am Apparat.

2020

Motorjacht
Thilda della Fontes wollte schon immer nach Mustique. Nie wurde sie auf diese kleine sechs Quadratkilometer kleine Mückeninsel mitgenommen. Stets musste sie sich dieselbe Begründung anhören, da halte sich doch nur die britische Hautevolee auf. Die mit dem höchsten Einkommen. Einkommen ist Macht. Die Macht ist es, dass die kleinen Leute nicht hingelassen werden, weil sich die Oberschicht dort breit macht, jammert sie ihrem Sohn die Ohren voll am Telefon.
„Das wollen wir doch mal sehen," entgegnet Harrie seiner Mutter. Am nächsten Tag stand Thilda in aller Frühe mit ihrem gepackten Köfferchen vor der Tür. Benni und Jaques durften zuerst an Bord. Isabell ließ der behäbigen Thilda den Vortritt und übernahm ihr Gepäck. Wieviel sind wir denn jetzt, wieviel muss ich in mein Logbuch eintragen hatte Harrie sich noch wichtiger als üblich und begann mit dem Ältesten. Das ist doch Benni, der sofort widersprach, ER sei der Besitzer dieser Jacht, die auf seinen Namen Benni ... ok, ok, ok, erklärte Harrie, aber dann haben wir den Alten Jaques, die dicke Thilda, die eingebildete Isabell. Und das Arschloch von Harrie nicht zu vergessen, konterte Isabell. Na, das gehe ja toll los, kommt eine Stimme aus dem Hintergrund.
Mit einem riesigen Krach brachte Harrie die Motorjacht in die Gänge und es vermittelte zunächst ein Gefühl, als wolle ein Porsche mit einem Jaguar ein Wettrennen starten, dann drehte er das Steuerrad zu einer hundertachtzig Grad Kurve, bei der die alten Herren von ihren Sitzen rutschen. Isabell schimpfte laut, war aber froh darüber, dass die beiden alten

Herren mit samt ihren Kissen noch angeschnallt wenn auch zähneknirschend verharren. -

Nach dieser scharfen hundertachtzig Grad Kurve rissen Isabell die die Gedanken ab: War zunächst froh darüber, dass die beiden Alten noch unbeschwert auf ihren Sitzen verweilten. Dann blickte sie in die unendliche Weite, verlor sich im Horizont des Meeres, der in die Unendlichkeit des Seins verschwand und fragte sich: ‚was soll ich hier mitten auf dem Meer mit einem Macho, der pausenlos sein Ego frisiert und den zwei Uralten Männern, die mir aus ihrer Zeit vor achtzig Jahren erzählen, in die ich versinke, weil ich sie einerseits bewundere und andererseits beneide um seine Vielschichtigkeit, wahrgenommene Erlebnisse, eingepackt in philosophische Analysen einer Frau, die sie ursprünglich für eine Filmschauspielerin hielten. Jedes Muster in sich war schon beeindruckend. Und die Geschichte der zwei Alten - was interessierte mich denn eigentlich? Ich würde nie darüber schreiben es beschäftigt mich im Wesentlichen, wie sie mit der Situation ihrer Lebenslagen damals umgingen und was tue ich jetzt? Ich gier in den Horizont, versteh die Welt nicht mehr, hab keine Arbeit mehr, weil die Airline Pleite gemacht hat. Alles ist verboten. Die Verbote kommen aus der westlichen Welt. Dort herrscht der oder das Virus. Es herrscht global und niemand setzt sich mit diesem unsichtbaren Geist auseinander. Mich beschäftigt, dass die Einschränkungen pausenlos neu festgesetzt werden. Es ist, als würde mir ein Stück Lebenszeit gestohlen werden. Einfach nur da sein und Klappe halten und Vorgaben der Regierung verfolgen. Ja! Gibt es da eine Macht überregional, global, die uns alle zu Schafen macht? Ich fühle mich wie ein Schaf in dieser Herde, auch wenn wir nur zu dritt hier auf dem Wasser sind. Was passiert mit unserem Leben, das nur noch

zurückgezogen in sich selbst eingeschlossen in eine Vorgabe von außen gehorchen muss? Alles passiert lautlos. Wie hier auf dem Meer in die Unendlichkeit blickend. Genauso ist es an Land. Zurückgeschubst in eine einsame Gefühlswelt, die sich nur noch mit dem Unbewussten auseinandersetzen darf. Ich lebe wie ein Eremit.
Wäre unser Leben nicht zu abgeschnitten, dann würde ich die Motorbootfahrt in vollen Zügen genießen. Würde Jaques zuhören gespannt sein auf die Story mit Golda, wie sie im Hafen von New York ankommen, und sich auf dem Schiff wiederfinden. Ich fühle mich wie eine Lampe, die ausgeschaltet wird, aber noch dasteht. Sie leuchtet nicht. Braucht sie nicht, es ist ja hell draußen. Es gibt eine Macht, die diesen Virus verbreitet hat.
Es ist nicht die Fledermaus. Die braucht einen Zwischenwirt. Nur über einen Zwischenwirt erreicht der oder das hoch giftige Virus den Menschen. Das weiß inzwischen jeder. Vielmehr handelt es sich um ein Experiment aus dem Hochsicherheitslabor aus Wuhan. Wieso dieser unsichtbare Geist eine globale Weite erreichte, weiß man noch nicht. Wer hats rausgelassen aus dem Hochsicherheitslabor? Und warum? Immer wieder warum ist der Mensch so einfältig und will von den Medien gefüttert werden, will von den Plattformen aufgeklärt werden über Nebenschauplätze. Warum setzten wir uns nicht auseinander mit diesem unsichtbaren Geist aus Wuhan? Oder warten wir darauf, bis uns das nächste Ungeheuer geschickt wird? Nein! Darüber reden wir nicht!
Es ist genau die Philosophie, mit der Jacob und Golda sich vor achtzig Jahren am Genfer See austauschten und versuchten. Sie versuchten das Menschenbild in einem Zusammenhang mit seinem seit Jahrhunderten geprägten Urinstinkt, dem Archetyp des kollektiven Unterbewusstseins von C.G. Jung zu verstehen. Sie versuchten in endlosen Gesprächen den

Menschen mit seiner Herkunft, seiner Gier und seiner Macht zu verstehen. All das haben sie versucht zu ergründen. Und was ist jetzt. Nichts passiert. Nichts. Niemand setzt sich auseinander mit dem Gefühl, das in uns tobt. Außer: Langweilig höre ich keine Bemerkungen. Nichts. Was passiert in dem Menschen gerade? Alle sind still. Toben sich aus auf Nebenschauplätzen, wie da und dort ist wieder ein Attentäter gefasst worden. Oder ein Tsunami wurde durch ein Erdbeben ausgelöst. Alles schwerwiegende Themen. Ablenken. Was aber passiert im Hier und Jetzt? Hier vor meiner Tür? Genauer gesagt: Dort vor meiner Tür, denn ich befinde mich gedankenverloren auf dem Wasser des karibischen Meeres. Was passiert im Hier und Jetzt, wo alles unter einer großen Haube festgehalten wird. Wo nichts gefühlt oder geäußert werden darf, ohne gleich den Verschwörungstheoretikern zugeordnet zu werden. Der Gedanke tut weh. Flüstert man nur noch? Wie damals zu den Zeiten, von denen Jaques gerade erzählt? All das vermittelt mir ein Gefühl eines völligen Umbruchs. Damals waren auch alle still. Heute tragen sie eine Maske und schauen weg. Ich treffe niemanden mehr, den ich kenne. Oder erkenne ich niemanden mehr, weil alle so unkenntlich umherlaufen? Eine völlig neue Welt. Man darf nicht darüber reden. Haben alle Angst?'

- Während sich die Reise zur Mustique Insel noch eine Weile hinzog, versuchte Jaques an dem Punkt anzuknüpfen, an dem er aufhörte. Diesen Roosevelt, den hatte Jacob überhaupt nicht verknusen können. Deshalb sammelte er alle Berichte von damals, die mit diesem Politiker zusammenhingen.

1938

Überfahrt

Jaques erzählte mehr über die Spinnereien seines Vaters, wie, es gebe Naturgenies; er war fest davon überzeugt, dass auch kleinste Gen Differenzen einen ganz gehörigen Unterschied in der Fortpflanzung ausmachen können. Es gab seiner Ansicht nach Menschen, die schlichtweg klüger sind als andere Menschen, die über überdurchschnittliche kognitive Fähigkeiten verfügen. Und da fielen ihn dann Leute ein wie Freud oder Einstein oder Mahler. Er meinte mehr noch, dass diese Menschen über ein eigenes Intelligenz-Gen verfügten. Dabei handelte es sich um Leute - und dazu zählte er auch sich selbst - die in Bezug auf Familiengründung eine geschlossene Gemeinschaft bildeten. - Geheiratet hätte dieser Roosevelt seine Cousine die ebenfalls Roosevelt hieß. So viel zu diesem Menschen mit der ‚New Deal' Idee. Naja, Jacob und Jaques Blumental hatten in sein neues Wirtschaftssystem jedenfalls nicht reingepasst.

Abermals viele Gedanken verfolgten Jaques und er verlor sich vom hundertste ins tausendste. Der Aufenthalt im Hafen von New York zog sich über zwei Tage hin. Es war entschieden, eine Einwanderung kam nicht infrage. Es hieß also Trübsal blasen, bis eine Ansage mich hellhörig machte. Immer wieder wurde über Lautsprecher ausgerufen: Mr. Blamtoll please contact our information-office, Mr. Blamtoll please. Bis ich, der kleine ‚Jaques' auf die Idee kam, die meinen vielleicht Mr. Blumental und können es nicht auf Deutsch aussprechen. Genauso war es.

Als Jaques den Ausrufen gefolgt war, traf er im Info-Office auf die wartende Golda. Es gab ein so herzliches Wiedersehen, wie es kaum mit Worten zu beschreiben ist. Eine Einreise gab es zwar immer noch nicht. Aber sie war wieder da. Allerdings nur für die Zeit des Aufenthalts im Hafen von New York. Der Faktor Zeit spielte bei Vater und Golda grundsätzlich eine entscheidende Rolle. So auch hier an Bord. Sie blieb den ganzen Abend und die Nacht über. Wo sich die beiden aufhielten, erfuhr ich nie. Auch nicht auf meine wiederholten penetranten Fragen hin. Morgens musste sie das Schiff wieder verlassen, weil es wieder auslief. Es waren Träumereien, die die beiden miteinander verband. Träumereien, die meistens in der Philosophie und in den Mythen endete. Es waren kindliche Sehnsüchte, die von nun an durch seinen Kopf kreisten. Golda befand sich in ihrer Aufgabe als Journalistin einer Arbeiterpartei in New York und ein paar anderen Städten. So war sie über Vaters Aufenthalt in New York informiert. Sie erzählte ihm von der Planung eines Luxusdampfers. Der sollte deutsche Flüchtlinge aus Europa holen. Genaueres würde sie ihm dann noch per Post mitteilen.

Die ersten Tage der Weiterfahrt waren durchwachsen. Um nicht nur die blöden Lieder zu trällern, hatte mein Vater sich durchgesetzt und wir sangen nach seinem emotionalen Ausbruch wenn auch nur zu zweit die Lieder der 'Comedian Harmonists' und begannen mit „Ein Freund ein guter Freund ...". Seine Nasalstimme war stabil im Gegensatz zu meiner, die von Sopran zu Mezzosopran wechselte, bei der sich ab und zu ein unerwarteter dunkler Ton einschlich.

Abends in der Kajüte empfing ich jedes Mal ein großes Lob von dem Alten. Er schien zufrieden mit mir.

Sein gutes Verhältnis zum Schiffskoch verbesserte seine Laune und er brachte nach wie vor eine gute Flasche Rotwein mit. Es war ein guter Tropfen, den er nicht selten direkt aus der Flasche trank, womit er seine Vorderzähne dunkel färbte. Dazu wickelte er einen Käse aus seinem Papier. Ich mochte noch keinen Käse. Für mich hatte er Schokolade dabei.

Je südlicher das Schiff im Atlantik steuerte, desto stärker kämpfte es gegen die starke Strömung des Golfstroms an. Der Seegang wurde zunehmend heftiger. Wir hatten Windstärke sechs die sich innerhalb kurzer Zeit zu einem Tropensturm von Windstärke elf aufbaute.
"Raus an die frische Luft", folgte ich meiner inneren Stimme.
An Deck waren Seile entlang der Reling gespannt, an denen sich die Passagiere festhalten mussten.
Kaum jemand hielt sich da draußen noch auf.
„Tief ein- und ausatmen und die Augen gehen mit der Bewegung des Schiffes mit. Oder war es der Horizont?"
Einmal war nur der hellwerdende Himmel sichtbar, danach fuhr die Achterbahn mit mir in der ersten Reihe bergab. Zu sehen war nur das Meer mit seinen hohen Wellen. Hoch als wollte sich dieser Dampfer seitlich überschlagen.
Kotz übel -tief einatmen ... ausatmen und wieder erneut, bis es sich alles wendet und gen Himmel bewegt. So war es unzählige Male. Bis ein Steward mich am Arm packte und in das Innere des Decks zog.
„Haben Sie nicht gehört, dass wir einem erneuten Tropensturm entgegenfahren! – Sie haben jetzt drin zu bleiben!"
Dabei hielt er mir eine große Schüssel hin mit dem Zeigefinger auf die Öffnung deutend.

Nach zwei ganzen Tagen und zwei Nächten beruhigte sich die See. Das Meer sah friedlich aus. Delphine flogen durch die Luft von Welle zu Welle und ich ging in mich:
"An diesem Tag ist Genesung angesagt." Die Weiterfahrt verlief auf glatter See. Es wurde täglich wärmer.

Seit unserer Überseefahrt war mein Vater nachts wach. Immerzu brannte seine Funzel über seiner Liege in unserer Kajüte. Es war als befinde er sich im Gefängnis seiner selbst. Der Alkohol verhalf ihm, seine ‚gepanzerten Gefängnistüren' zeitweise zu sprengen, um das 'Über-Ich' auszuschalten.
Das nächtliche Ritual ließ die Rotweinflasche floppen und seine kleine Funzel punktierte die Spalten der Abhandlung seiner verknitterten Restseiten. Er dachte ständig laut. Es schien ihm ratsam, etwas Gewisses aufzugeben. Etwas, das für ihn damals noch ungewiss war. Und immer wieder, wenn er in seinem 'Spinoza' vertieft war wollte er mich einbeziehen in diese für mich komplizierte Gedankenwelt dieses Philosophen.
Er wollte verstehen, weshalb diese Verfolgung gerade seine Glaubensbrüder betraf.
"Und Spinoza war auch ein ‚Ausgeschlossener'," belehrte er mich, "freiwillig, aus Überzeugung."
Meine Argumente, wir praktizieren doch gar keinen Glauben, ging dabei völlig unter.
Er wollte es genauer wissen. Spinoza schien es zu wissen. Dachte er.
"Du bekommst auf diese Weise wenigstens den Einblick in ein wenig Philosophie, wenn auch nur einen kleinen einseitigen Einblick", belehrte er mich. Dies alles sollte ihm wohl helfen,

das ‚Sein' zu definieren. Damit meinte er das 'Sein' auf einer höheren Ebene.
"Was meint dieser Schreiber denn mit dem 'Sein' überhaupt?"
"Er nennt das 'Affektenlehre'. In dieser Lehre geht es ihm darum, in gewissen 'Ursachen' nicht unterzugehen."
"Was für Ursachen?"
"Ursachen wären beispielsweise die bei uns herrschenden Verfolgungen."
"Das haben wir auch ohne Spinoza gewusst. Deshalb sind wir ja weggegangen."

1938

Demut ist eine Trauer und keine Tugend
Er belehrte mich ständig über dasselbe. Deshalb habe ich es wohl auch so gut behalten. Aber Demut als Trauer anzusehen konnte ich mit der Zeit gut verinnerlichen, denn auf Tugenden konnten wir in unserer schwierigen Fluchtsituation jetzt auch mal verzichten.
"Eben, wir sind weggegangen, um nicht zum Knecht dieser 'Affekte' zu werden. Unsere Flucht geschah aus einer Ohnmacht heraus. Und aus dieser Ohnmacht heraus entspringt eine tiefe Demut. Aber diese Demut ist keine Tugend, sondern sie ist eine Trauer."
Er machte eine Denkpause, und ich kam wieder zu Wort:
"Ist doch egal, ob Tugend oder Trauer."
"Nee! Tugend brauchen wir jetzt wirklich nicht! Aber die Trauer, davon gejagt zu werden so wie wir, die kann man bewältigen."
"Ok"
"In der Bewältigung dieser Trauer ist es das Ziel Spinozas, da Gott in allem ist ... "
ich fiel ihm ins Wort,
"... du hast doch gesagt, Spinoza hat es nicht mit dem lieben Gott. Was will dir dieser Spinoza neues sagen?"
"Also, um es auf den Punkt zu bringen. Alle Geschehnisse und Ereignisse auf unserem Planeten inmitten des Universums unterliegen einer natürlichen Gesetzmäßigkeit. Alles in unserer Galaxie dreht sich seit abermals vielen Jahren in einer Gesetzmäßigkeit um die Sonne herum. Für Spinoza ist das so etwas wie eine höhere Intelligenz, die sich Gott nennt. Und wir

Menschen sind ein Teil des Ganzen und damit sind wir auch ein Teil Gottes.
Aus dieser Sichtweise heraus unterliegen wir Menschen einer natürlichen Gesetzmäßigkeit und nicht den bürgerlichen Normen und Werten einer bestimmten Kultur, die von Menschen erdacht wurde."
Mein spontaner Gedanke dazu war,
"Eigentlich könnte ich dann ja machen was ich will."
"Wir tragen eine ethische Verantwortung."
Damit knipste er seine Funzel aus.
Und so sprachen wir oft Nächte lang, insbesondere wenn er nicht schlafen konnte. Und das war so gut wie immer.
Seine schlaflose Phase verstärkte sich mit der Überfahrt in ein ungewisses für uns unbekanntes Ziel, einer Insel in der Karibik, wo ein Diktator regierte, der genau diese Menschen wie uns haben wollte, weil sie hellhäutig waren.

Also musste das „Sein" weiter definiert werden. Ich war gerade knapp dreizehn, und was mir entging, war eine gute Schulbildung. Musik und Philosophie lernte ich von meinem Vater. Aber für all die wichtigen Fächer wie Mathe und Physik gab es nur Grundkenntnisse. Die genügten nicht, um einem Schulabschluss irgendwo nachzuholen. Abgesehen davon bewegten wir uns auf einen Landstrich zu, wo die Leute so gut wie gar nicht zur Schule gingen.

1938

Roosevelt verhökert Flüchtlinge an Trujillo

Rafael Trujillo

Roosevelt hatte uns also an den Diktator 'Trujillo' verhökert. Zu diesem Zweck hatte dieser Trujillo den Chiquita Strand mit seiner Bananenplantage zu einem Spottpreis von den Amis abgekauft.
Diese Bananenplantage, auf der zu diesem Zeitpunkt kein Kraut mehr gedieh - auch keine Bananen - gehörte der 'United Fruit Company'.

Auf zu einem Trujillo, dem Diktator. Die Odyssee ging weiter. New York war abgehakt. Einstein war nicht aufzufinden. Hatte man später in der Zeitung verfolgen können, dass er tatsächlich zu seinem Freund Albert Schweitzer nach Afrika gereist war. Auf uns hatte niemand gewartet. Weder Roosevelt noch Einstein. Golda war in weiter Ferne und Vater schwärmte nur noch ihr Foto an, das er auf seinem Nachtschrank aufbewahrte. Also ging die Seefahrt weiter zur Insel Hispaniola. Das Klima veränderte sich von Tag zu Tag.

Es wurde zunehmend tropischer, bis wir in Santo Domingo erstmalig schwitzend an Land gehen durften. An der Reling reichten die Passagiere das Fernglas von Hand zu Hand. Als es in Vaters Hände gelang, störte seine Brille, die er mir in die Hand drückte. Nach langem drehen hatte Vater die Reling, dann den Kai von Santo Domingo und schließlich den Diktator im Visier. Er traute seinen Augen nicht:

"Da steht ein Pfau! Schau ihn dir an," und reichte das Fernglas an mich weiter. "Tatsächlich", seine Kopfbedeckung sah einzigartig aus. Fasching. "eine bunte Feder, wie Fasching."

2020

Motorjacht Mustique

Guck mal was ich hier gefunden habe, liest Isabell aus ihrem Smartphone laut vor: „1958 wurde die Karibikinsel von einem Baron Colin Tennant gekauft. Es gab ein sogenanntes Cotton House, das bewohnt war von einer Familie Hazell. Dann gibts noch ‚Les Jolies Eaux', für Prinzessin Margaret." Heute ist es ein Platz für Superreiche, die ultimative Rückzugsorte suchen, um eine Spare der Abgeschiedenheit auszuleben. Hier sind wir richtig, überzeugt Isabell mit einer Ausführlichkeit über den sechs qkm großen Privatbesitz der high Society. Sie lässt ihre Gedanken frei laufen … da ist eine Eigendynamik drin, die diese … Geldigen besitzt. Durch den Besitz entsteht Macht. Und mit dieser Macht wird das alles instrumentalisiert, sodass die Mächtigsten zunehmend größeren Einfluss bekommen, den sie eh schon haben. Dabei gehts schon gar nicht mehr ums viele Geld oder Kapital, sondern um die Macht. Und es ist eine Macht, mit der die Weltwirtschaft bedient wird, anders gesagt, die Globalisierung verselbständigt sich selbst, sodass die Hälfte des Systems hinten runterfällt.

„Wir noch nicht,"

unterbricht Benni,

„wir sehn uns jetzt ‚Les Joli Eaux' an und erzählen, wir sind verwandt mit dem englischen Königshaus,"

„und werden im Reichtum ertrinken",

ergänzt Isabell, die fortwährend weiter googelt, „der Pool direkt vor der Terrasse, der Butler stets zu diensten. Ich bin die

Schwester von .... und genieße das Vermögen ... wer kommt da infrage? Vielleicht dieses Model?" Bist du nicht groß genug. Dann vielleicht Stefanie von Monaco, die kennt jeder, die war auch schon auf Mustique.

„Die soll oft bekifft sein,"

„Genau, das krieg ich hin."

„Zauberhaft".

„Niemand da." Keiner hat die Crew bemerkt. Umso besser. Ihre Fußstapfen zeichnen sich im hellen Sandstrand ab. Super, alles gehört also diesem Menschen, der das hier gekauft hat. Heutzutage werden nur noch die kleinen Inseln gekauft. Trujillo hatte dahingegen den Norden von Hispaniola gekauft.

1938

HIspaniola

Da stand er dann in voller Pracht mit seiner selbstkreierten Uniform, dieser Diktator und Freund des amerikanischen Präsidenten. Roosevelt selbst hatte Trujillo nach Frankreich zum Evian Comité deligiert um die verfolgten Europäer zu sich auf die Karibikinsel zu holen. Alles wurde bestens geplant. Das Unternehmen Fruit of the Loom verkaufte ihm zu einem Freundschaftspreis die Bananenplantage Chiquita, nach dem der Strand von Sosúa im Nordosten der Insel benannt wurde.

Das grinsende Gesicht breit und schmierig mit dem Oberlippenbärtchen genauso wie der deutsche Diktator habe ich immer noch vor Augen. Er trug geschmacklose hochdekorierte Kleidung gekrönt von einer Kopfbedeckung mit Federbusch. Man erzählte sich, er helle sein Gesicht mit Bleichcreme und Puder auf. Ich stellte mir vor, wie dieser Pfau mit seinem Federbusch auf dem Kopf im Hafengebäude eine Damentoilette aufsucht, sein rundes Puderdöschen öffnet und sich mit einem Schwämmchen über Nase und Wangen fährt, um seinem Ideal einer hellen Hautfarbe nachzuhelfen, wobei die intensive Sonneneinstrahlung auf diesem Breitengrad eher das Gegenteil bewirkte. Jedenfalls bei uns. Wir hatten durch die Bank weg alle einen Kopf, der einem aufblinkenden Leuchtturm glich.

Über zehntausend deutsche Flüchtlinge sollten kommen, dann waren das höchstens sechshundert, die gekommen sind.

"Und wenn es nur einer gewesen wäre! Es geht nicht um die Masse, sondern um das Individuum. Amis und Menschenrechte?"
Ereiferte Vater sich sobald jemand das Thema auch nur im leisesten anschnitt.
"Es war eine Missachtung, den Menschen ihre wirtschaftliche Existenz wegzunehmen und dann in eine Hütte am Strand zu stecken. Und das nicht irgendwo hin, sondern auf eine abgelegene Karibikinsel zu einem Diktator. Einem Diktator, der kurz vorher ein Riesenmassaker verbrochen hatte. Aber der Ami hat ihm seine ethnische Säuberung schnell vergessen. Schließlich nahm Trujillo ihm ja die Flüchtlinge ab.
Er ein Verbrecher, der nun sein dunkelhäutiges Volk mit uns aufhellen wollte.
Da standen wir nun, bei einem neuen Herrscher, der sich bereit erklärt hatte, uns aufzunehmen. Von einem Schnauzbart zu einem anderen Schnauzbart. Und das im Auftrag von Roosevelt. Vater hatte vergessen, dass er auf dem Comité ja gar nicht mit dem regierenden Trujillo gesprochen hatte, sondern nur mit dem Bruder von ihm. Auch war es nur ein kurzes sich bekannt machen, arrangiert von Golda. Sie sahen sich sehr ähnlich, die beiden Brüder.

Wütend von dem Anblick schnaubte Vater:
"Wo sind wir hier!!"
Den Ton kannte ich nur zu gut.
Keine Arie konnte ihn jetzt retten. Der Typ sah aus, als würde er nicht lange fackeln.
"Eh du dich versiehst landest du im wohl temperierten Knast mit tropischer Heizung."
Keine Darbietung im Duett würde uns helfen. Hier hieß es nur:

"Alter Benimm dich! Halte deine verdammte Klappe."
Gut so dachte ich, jetzt richtet er seinen Zorn auf mich, und dementsprechend fluchte er mich an:
"Was fällt dir ein! So mit deinem Vater zu reden."
"Der sieht nicht aus, als würde er mit sich spaßen lassen", lenkte ich ein.

Wir kletterten auf die Lastwagen, die für uns zum weiteren Transport bereitstanden. Eine Fahrt durch Santo Domingo einst entdeckt von Christoph Kolumbus, der als hervorragender Kartenzeichner die These entwickelte, fahre man nur nach Westen, dann gelange man nach Indien und zu den Reichtümern von Gold und Silber, denn die Erde war eine Scheibe. Nein. Die Erde war keine Scheibe mehr.
Es wurde inzwischen herbstlich, und wir sind während unserer Überfahrt nur knapp den wirklichen Herbststürmen, wie einem Hurrikan entkommen. Jetzt fuhren wir eine Ewigkeit über die mit Schlaglöchern durch setzten Straße hinweg. Hin und wieder bogen einsamen Wege mitten durch die Gebirgswelt hinein. Alle an den Ausläufern des ‚Pico Duarte' vorbei, bis wir den Rand des tropischen Regenwaldes im Norden der Insel erreichten.
Ein Reifen musste gewechselt werden. Ich war hungrig. Irgendjemand hatte Wasser dabei. Aber das machte nicht satt. Straßenschilder gab es noch gar nicht. Keine Ahnung, wo die uns hinführten, aber dann, - so erschien es mir -, war ganz plötzlich das Meer in Sicht.

Mit New York blieb das Thema ‚Spinoza' eine Zeit lang hinter uns. Jetzt ging es nur noch um Roosevelt dem amtierenden Präsidenten der USA, mit seiner gleichnamigen Ehefrau, die wohl eine seiner Cousinen war. Uns wollte er jedenfalls nicht haben. Das war Vaters Thema von morgens bis abends.

Die uns zugeteilte Hütte lag dicht am Meer. Alles war ein sehr einfach, was man kaum glaubt, wenn man das Häuschen heute betrachtet. Mit der Ankunft in Sosúa im Norden Hispaniolas geisterte Jacob wieder Mutter durch den Kopf. In regelmäßigen Abständen erzählte er von einem amerikanischen Luxusdampfer namens St. Louis. Dieser Dampfer wurde nach Deutschland ausgeliehen. Eigentlich völlig untypisch, weil die St. Louis nur für Kreuzfahrten in der Karibik verkehrte.

Jacob, der einmal wöchentlich mit dem Postbus nach Santo Domingo. Es gab nur ein Postamt. Adressiert an Ruth Blumental nach Havanna adressierte er wöchentlich denselben Text. Postlagernd. In der Hoffnung, Ruth würde sich erkundigen und sich wieder an ihn und Jaques erinnern. Rückblickend erscheint die Buchung wie ein geplantes Manöver.

1939

St. Louis
Die Irrfahrt nach Kuba
Inzwischen schrieb man das berühmte Jahr 1939. Der zweite Weltkrieg bahnte sich an. Mutter und ihr Klavierklimperer, wie Vater ihn immer noch nannte, waren fest gebucht auf der Überseepassage nach - weiß der Geier wohin, schrieb Benno ihm immer - Er wusste nur den Schiffsnamen ‚St. Louis' und rückblickend erscheint es, als wäre der Zielort Havanna bereits in die Sabotage eingeplant worden. Kuba war seinerzeit ein Sündenpfuhl. Insbesondere in Havanna hielten sich die Spieler aus Florida auf. Nutten waren dort billig. Gauner gingen in Kuba ein und aus. Die Glitzerwelt war perfekt. Geschäfte wurden von ganz oben her gesteuert und geschmiert. Politiker waren käuflich. So vielleicht auch die Reise der St. Louis. Auf jeden Fall war es bekannt, dass allen neunhundert Passagieren ein Visum ausgestellt wurde.

Wir hatten dahingegen das Glück, uns an einem sicheren Ort im Norden der Insel Hispaniola aufhalten zu dürfen. Ein Jahr war inzwischen vergangen und Vater wartete zwar immer noch darauf, dass Golda ihn besucht. Sie schrieb ihm nur selten. Mutter trat auch zunehmend in den Hintergrund. Aber durch mein ständiges Nachfragen war Vater damit beschäftigt, die Suche nach Mutter nicht aufzugeben. Er fuhr einmal in der Woche nach Santo Domingo zum Postamt und telegraphierte regelmäßig mit Bennis Vater Aron, um Neuigkeiten über ihre Seereise mit der geplanten St. Louis zu erfahren.

Schließlich hatte Bennis Vater Aron, der im Kontakt mit meiner Mutter Ruth stand herausbekommen, dass sie mit viel Geduld eine Schiffspassage ergattert hatte. Ab diesem Zeitpunkt begann sie, über Einzelheiten zu berichten. Beim Lesen erweckte es den Eindruck, dass Ruth bereits eine Vorahnung spürte. Nur so konnte Benni sich erklären, weshalb sie vieles im Detail darstellte, als handele es sich um einen Tagebucheintrag. Schließlich handelte es sich um Telegramme. So berichtete sie über den Kapitän Schröder, der sich den Passagieren vor der Anlegestelle persönlich vorstellte, während die Kisten verladen wurden. Dabei handelte es sich um Kisten in der Größe eines Vertikos, die darauf warteten, beladen zu werden.

Miron, der sich nun mit der Auswanderung nach Havanna abgefunden hatte, beschriftete eine nach der anderen mit seiner dunklen Ölfarbe.

„Die wird sicher nicht so schnell abgehen"

Ruth ist in Gedanken bei ihrem Sohn Jaques, ‚wie es Jaques jetzt wohl ergeht?'

Nach ewiger Schlange stehen im Reisebüro hatten sie es nun geschafft. Ruth und Miron befanden sich an Bord der ‚St. Louis' auf dem Weg nach Havanna.

An Bord wurden alle Vorbereitungen getroffen. Das Briefing wurde einberufen. Der Crew wurde über die Buchungslage informiert. Jetzt betrat auch **Kapitän Schröder** die ‚St. Louis'. Er gab letzte Anweisungen. Dass dieser Kapitän eines Tages zu Friedenszeiten einmal von einem Bundeskanzler Willi Brand geehrt würde, an so etwas hat seinerzeit niemand einen Gedanken verschwenden können. Jetzt im Jahre 1939 hieß es nur, Augen auf für den Weg in die Freiheit. Und dieser Weg in die Freiheit hieß für Ruth und Miron eine Ausreise nach Kuba.

Manche Kabinen seien Überbucht.
Das An-Bord-Gehen dauerte, wie gewöhnlich mehrere Stunden. Es wurde wenig gesprochen. Über dem schwappenden Wasser zwischen den Kaimauern waren schrille Schreie der Möwen zu hören.
Ruth Blumental trug ein hochgeschlossenes dunkles Samtkleid. Ihr Haar wehte zerzaust durch den Wind. Noch einmal schauten Ruth und Miron ihren Kisten nach, die immer noch im Hafen verweilten.
„Hoffentlich wird unsere Fracht noch verladen,"
„naja, wir haben uns," beruhigt sie ihn.
Als das Schiff langsam von den Schleppern mit ihrem lauten Tuten hinausgezogen wurde, befanden sich kaum noch Menschen auf der Reling außer ein paar weniger Besatzungsmitglieder, die ihren Angehörigen nachwinkten. Die Bordkapelle spielte fröstelnd fast für sich allein in Begleitung von kreischenden Möwen ihr traditionelles „Muss i denn ..." was sowieso niemand hören wollte.
Die meisten Passagiere hatten sich auf ihre Kajüten zurückgezogen.
Durch das Bullauge ihrer Kajüte sah Miron, wie die letzten Umrisse des Hafens und die Konturen der Stadt Hamburg verschwanden.
Das Schiff machte normalerweise Vergnügungsreisen für reiche Amis von New York aus in die Karibik. Aber diese Trans-Atlantik-Tour lief unter einer Soderfahrt und war völlig überbucht. 800 Mark kostete die Unterkunft in der ersten Klasse, 600 Mark in der zweiten Klasse.
„Gut, dass wir uns das geleistet haben. Zweite Klasse ist gerammelt voll", meinte Ruth.
Draußen war es wolkig bis bedeckt mit leichten Regenschauern. Typisches Hamburger Wetter.

„Eine Schiffskarte in die Freiheit. Ich hole Jaques nach so schnell ich kann. Vielleicht kommt es ja auch gar nicht zum Krieg,"
erzählte Ruth mehr sich selbst, während Miron schon seine wenigen Kleidungsstücke in der engen Kabine verstaute.
„Das Schwimmbad wird morgen in Betrieb genommen, ich hoffe ich finde meine Badehose."
Bei einem Blick in den geöffneten Koffer entdeckte Ruth das letzte Ölbild vom Fluss. Es klebte im Koffer der Innenseite und füllt mit seiner Din-A-drei Größe die Innenfläche zu einem großen Teil aus.
„Wie schön, dass du es eingeklebt hast", beim genauen Hinsehen fiel ihr wieder der Rabe auf, der doch zu einer Tulpe überpinselt werden sollte.
„Es ist schön ... aber der Rabe gefällt mir nicht. Immer noch nicht."
Der Rabe hängt immer noch als schwarzer Klecks mitten im Werk. Miron weigerte sich, etwas zu ändern: „Der Rabe symbolisiert Weisheit, die vergessenen Botschaften der Seele."
„Quatsch! Er bedeutet nichts Gutes! Auch wenn der Vogel durch meinen Finger zu einem Klecks verwischt wurde."
Miron zauberte, ohne hinzuhören einen Drink verpackt in einem Minifläschchen aus seiner Hosentasche, den er mit an Bord geschmuggelt hat. Mit den zwei Zahngläsern wünschten die beiden sich tief in die Augen sehend einen guten Verlauf der weiteren Zukunft. Das abendliche Vergnügungsprogramm verhalf den beiden zu guter Laune. Tanzveranstaltungen wurden geplant. Kinoabende wurden geplant. Während des Tages herrschte reger Betrieb auf den Promenadendecks und auf dem Sportdeck. Alles bei einem super Wetter. Die Stimmung war gut.
Es gab Liegestühle an Deck und höfliche Stewards.

Die St. Louis passierte die Azoren und zehn Tage nach dem Auslaufen des Heimathafens nährten sie sich bereits den Bermudas. Sie waren mit Vollgas unterwegs. Nur Kapitän Schröder wusste warum. Die See war ruhig, und der Atlantik war das Abbild des wolkenlosen sonnigen Himmels, eine weite, glänzende Fläche. Der Bordfotograf musste Überstunden machen, und nachts die Bilder entwickeln. Ruth und Miron spielten in der Turnhalle Tischtennis. Es fehlte an nichts.

Die Stimmung an den Abenden stieg. Ruth setzte sich an den Flügel und spielte: „Regentropfen, die an mein Fenster klopfen ..." alle sangen mit. Ruth versucht Miron zum Klavier spielen zu inspirieren. Aber seine Finger machen nicht mit. Sie sind steif wie kleine Stöckchen.
Die See war weiterhin ruhig. Bis zum Bermudadreieck sind es noch ca. fünf Tage. Der Funker döst vor sich hin, während der Kapitän die Motoren weiterhin auf Volldampf trimmt.
In der Bar floss der Champagner. Es wurde auf die neue Heimat angestoßen. Der Friseur in der Ladenstraße hatte volles Haus, obwohl das feuchte Klima jeden Haarschnitt zum Einheits-Fussellook verwandelte, sobald die Seeluft in die Frisur kam. Die Passagiere waren fröhlich gestimmt und hingen mit Champagnerglas in der Hand an der Reling.

Ein Stewart war gerade dabei die Landekarten zu verteilen, während sich die Bordkapelle am Achterdeck versammelte und darauf wartete, dass die Brücken zum Anlegesteg befestigt wurden. In einem schrillen Ton kam die Ansage über den Bordlautsprecher: "Aufhören!"

Diese Nachricht wurde den Passagieren dann auch noch persönlich vom ersten Offizier überbracht mit den Worten, "die Landeerlaubnis wurde zurückgezogen".
Das war also der Grund, weshalb der Kapitän immer Fahrt aufnahm. Nur er allein wusste, was es mit der Atlantik Fahrt auf sich hatte. Das war auch der Grund, weshalb er sich einige seiner Passagiere an der Anlegestelle persönlich vornahm. Er allein war im Bilde, was alles auf ihn zukommen könnte, falls er nicht schnell genug sein Ziel erreicht.
Die ahnungslosen Passagiere befanden sich in Champagnerlaune. Viele hielten sich an der Reling am Oberdeck auf. Der erste Offizier wandte sich jedem einzelnen persönlich zu. Für einen Moment entstand der Eindruck, diese Situation kann nicht real sein. Einige von ihnen waren leicht beschwipst. Sie glaubten es nicht, bis sich ihre Heiterkeit in Hysterie verwandelte. Der St. Louis wurde die Landeerlaubnis in Havanna entzogen. Ruth war außer sich. Sie versuchte mehrfach, mit Benni, später mit Jaques zu telegrafieren. Sie hoffte, das Schiff werde einen anderen Hafen anlaufen dürfen. Im Gespräch war Pinos. „Hast du das gehört Miron?" Er verneint kopfschüttelnd, „nie gehört. Pinos?"

Diese ganze Havarie hatte Aufsehen hinterlassen. Plötzlich wurde die Presse wach. Jaques hatte einige Begebenheiten in der Zeitung verfolgen können. Die 'New York Times' hatte seinerzeit darüber ausführlich berichtet, und Vater sei über jeden Schritt genau im Bilde gewesen. Nachdem der St. Louis in Havanna die Landeerlaubnis entzogen wurde, war es Ruth widererwarten doch gelungen mit Vater zu telegraphieren. Auch hatte er über Bennis Vater Aron gewusst, dass Mutter sich auf der Überfahrt nach Kuba befand. Jaques hatte vor, sie nach

Hispaniola zu holen. Aber er behielt alle Infos für sich. Nur Aron und Benni wussten Bescheid. Wahrscheinlich wollte er keine falschen Hoffnungen verbreiten. Und Miron - dieser Paul Miron, der war ein Mistkerl. Er hatte tatsächlich eine Verlobte in Kuba sitzen. Das erklärte auch, weshalb er lieber nach New York wollte anstatt nach Kuba.
Als der St. Louis dann in Havanna die Landerlaubnis entzogen wurde, durften ein paar Angehörige an Bord kommen. So auch die Verlobte von Paul Miron. Es war ihr gelungen mit Erpressungsgeldern ihren Verlobten von Bord zu holen und er ging an Land. Ruth ließ er zurück. Wie sich das Ganze zugetragen hatte, konnte sich niemand so richtig vorstellen und konnte auch nie aufgeklärt werden.

Ruth ließ Vater die Nachricht zukommen, dass sie sich allein an Bord befinde. Auch sie wusste durch Aron auch immer, wo wir uns gerade aufhielten. Aron war es schließlich, der uns alle auf dem Laufenden hielt. Paul Miron war verschwunden. Niemand wusste Näheres.
Es hieß ja, es dürften nur Franzosen und Spanier aussteigen. Sie fuhr allein zurück. Die Kabine sah aus, als sei alles beim Alten. Der verschwommene Rabe, den sie mit ihrem Zeigefinger verwischte, glotze noch immer aus dem offenen Koffer. Sie demolierte die Einrichtung der Kabine. Niemand kümmerte sich um irgendjemanden. Rundherum herrschte ein offenes Chaos.

Sündenpfuhl Havanna
In Havanna durften nur ein paar Franzosen und Spanier aussteigen. Und gegen ein entsprechendes Erpressergeld durfte eben auch Miron aussteigen. Kuba befand sich im Jahre 1939

in einem Chicki Micki Rausch, der sich noch bis zur Revolution hielt, bevor er mit 'Fidel Castro' in ein neues Zeitalter startete. Angesagt war die Zeit der Spieler, die von Miami aus eine Spritztour nach Havanna machten. Es gab Spiel, Spaß und Nutten, Havanna galt als Alternative zum puritanischen Amerika, vorausgesetzt man brachte genug Geld mit. Deutsche Flüchtlinge passten nicht ins Bild dieser Flunkerei. Diesen achthundert Passagieren wurden gefälschte Einwanderungspapiere unterstellt. Dieses Trallala Leben auf der Insel Kuba war keineswegs auf derart viele Flüchtlinge eingestellt. Politiker sind korrupt. Für mehrere hundert Visa floss viel Geld, das dann wieder in den Spielbanken landete. Macht und Intrige beherrschte das Dasein der Herrschenden auf der Karibikinsel. Da passte Miron gut hin, während über achthundert deutsche Passagiere auf dem wieder ablegenden Schiff zurückblieben.

'Die St. Louis' bekam zwar die Genehmigung auf der Stelle zu treiben, trieb aber in der starken Strömung des Golfstroms ab und bewegte sich in Richtung Miami Beach, bis die Kompassnadel nur noch die Entfernung einer Meile von Miami Beach anzeigte. Dann ging alles ganz schnell. Rettungsboote tauchten vor Miami auf.

Alle Decklampen wurden auf Anweisung gelöscht. Es wurde stockdunkel. Matrosen gingen in die Rettungsboote. Der Anker wurde gelegt. Von Backbordseite aus gesehen waren ein paar Lichter von Miami zu sehen.

Die Besatzung dachte, der Leuchtturm würde den Booten nun den Weg weisen. Dann wurde ihnen klar wurde, was sie gesehen hatten, das waren gar keine Rettungsboote. Es waren mehrere Patrouillenboote der Küstenwache. Plötzlich flammten Scheinwerfer flammten auf, um das Deck der 'St. Louis' abzutasten.

Kapitän Schröder brüllt seinen ersten Offizier an, „es sind Patrouillenboote! Sie blenden uns."

„Verdammte Scheiße, er liest laut ‚Coast Gard', die verfolgen uns!"

Über Lautsprecher kam die Aufforderung, sofort die drei Meilen Zone zu verlassen.

Kapitän Schröder versuchte, der Küstenwache mitzuteilen, dass es sich um einen Maschinenschaden handelt. Die St. Louis benötige Rettungsboote, um die über achthundert Passagiere an Land zu bringen.

Aber die Aufforderung der Küstenwache lautet, sie haben umgehend die Dreimeilenzone zu verlassen! Ein wiederholter Versuch mit der Begründung, es handele sich um einen Maschinenschaden missglückte ebenfalls. Die Amis schickten stattdessen noch zwei Flugzeuge hinterher. Das brachte viele Passagiere völlig durcheinander. Die Stimmung an Bord wurde zunehmend unruhiger. Passagiere bedrohten den Kapitän des Schiffes. Meuterei. Der Kapitän kooperierte mit den Passagieren und nahm Kurs auf Nord-Osten außerhalb der Floridastraße. Pressemeldungen kreuzten sich hin und her, bis eine Genehmigung mit Kurs auf Kuba zur Insel Pinos beim Kapitän einging. Das hatte sich auch zerschlagen.

Nun kam die Aufforderung von Tropical Radio Miami, sofort nach Deutschland zurückzukehren. Die Situation an Bord eskalierte und führte zum Boykott.

Im D-Deck wurde bereits eine Sabotage inszeniert. So plante bereits eine große Anzahl der Passagiere eine Katastrophe herbeizuführen. Diese Katastrophe sollte beim Einlaufen in die Nordsee passieren. Der Kapitän wurde bedrängt mit Drohungen wie: Sie werden den Maschinenraum sprengen. Sie planen einen Brand. Meuterei. Sie werden die Brücke besetzen.

Einer knüpfte sich den Kapitän persönlich vor, packte ihn am Kragen und schüttelte ihn so heftig, dass ihm die Mütze vom Kopf fiel: "Sie haben Ihr Wort gegeben, dass Sie uns nicht zurückführen nach Deutschland!!!"

Als es dem Kapitän schließlich gelang, die aufgebrachte Meute kurzzeitig zu beruhigen, studiert er die Seekarte im Detail. Er schließt den Ersten Offizier in sein Vertrauen ein und beschließt während beide die Seekarte studieren:

"An der Südküste Englands zwischen 'Plymouth' und Dover liegt 'Cap Lizard', da fahren wir jetzt hin," dabei fährt er mit dem Zeigefinger der Strecke entlang. „Bei Ebbe werden wir auf Sand laufen, die Passagiere werden mit Booten landen. Wir werden eine Motorhavarie vortäuschen, einen Schiffsbrand markieren. Den Brand werden wir später löschen."

So lautete die Planung des Kapitäns. Die Küstenwache vor Fort Lauderdale blieb jedoch auch nicht unbeachtet.

Washington Post
Fort Lauderdale: Zweihundert Passagiere über Bord der St. Louis.

Die Presse hatte also Wind bekommen. Das Geschehen vor Fort Lauderdale/Miami hatte sich zu einer Eigendynamik entwickelt. Die Schlagzeilen der ‚Washington Post' hatten dazu

geführt, dass sich andere Amerikanische Zeitungen einer erfundenen Pressenachricht anschlossen. Die Nachricht lautete, zweihundert Passagiere seien vor Miami über Bord gesprungen. Diese Horrornachricht erregte anscheinend die Gemüter der USA. Um nicht gänzlich das Gesicht zu verlieren, wurde der ‚Retter' Amerika in seinem Amt aktiv. Plötzlich gab es eine Landeerlaubnis in Europa. Die St. Louis durfte in Antwerpen anlegen. Die Passagiere wurden auf Großbritannien, Holland, Frankreich und Belgien verteilt. Lediglich die Passagiere in Großbritannien blieben von den Deutschen verschont. Die anderen sechshundert Passagiere wurden kurze Zeit später von den Deutschen in Holland, Belgien und Frankreich verfolgt und haben größtenteils nicht überlebt.
Das war die Geschichte von Mutter und ihrem Klavierklimperer Miron. Wie es mit ihr weiterging, blieb für uns außer Sichtweite. Für Miron war gut gesorgt im Sündenparadies von Kuba.
Wir, Jacob und ich kamen auf Hispaniola ganz gut zurecht. Vater hatte sich mit den Dominikanerinnen beschäftigt. Da gab es keine großartigen Diskussionen wie mit Mutter, die er immer noch suchte, aber die Gegenwart lenkte ihn versöhnlich ab. Vielmehr schienen sie sehr gefügig im persönlichen Umgang mit den zugereisten Männern...

2020

„richtig - teuer. de"
Motorjacht ankert vor Mustique
Harrie, Isabell, Thilda und die beiden Alten bewegen sich vom Ankerplatz schrittweise durch die leichten Wellen. Badewannen Temperaturen schäumen um die Beine. Harrie wirft einen letzten Blick zurück auf die leicht vor sich hinplätschernde Jacht:
„Meine ‚Azimut 62 Fly'. Die ist bärenstark,"
„Macht bis zu dreiunddreißig Knoten bei guten Windverhältnissen."
... „gefügig? Hab ich das grad richtig gehört?"
„Du Thilda warst doch gar nicht damit gemeint."
Isabell murmelt in sich hinein:
„Alt wie Methusalem, aber aufgeblasen ... kein Wunder, dass aus Harrie so ein Macho geworden ist."
Thilda will sich nicht beruhigen:
„Du hast von dir selbst gesprochen und von den ‚gefügigen' Weibern."
„Wenn man euch so zuhört, ..."
Ihre Fußstapfen zeichnen sich im hellen Sandstrand ab. Hin und wieder werden ihre Knöchel von einer schaumigen Welle umspielt. Super, alles gehört also diesem Menschen, der das hier gekauft hat. Heutzutage werden nur noch die kleinen Inseln gekauft. Einkaufen konnte man sich schon immer überall. Handy Empfang gibt es hier auch. Eine neue Mail erscheint, mit ‚richtigteuer.de' Isabell stutzt:

„richtig - teuer. de"

das ist ja der Hammer! Diese Mail ist so was wie ein freudscher Versprecher. Beim Hingucken denkst du zuerst an das Wort ‚Reichensteuer' erst beim genauen hingucken erkennst du das richtige Wort."
Benni ist das Stapfen durch den Sand zu anstrengend, bemerkt nebenbei sich in einem Steuerparadies zu befinden und spendiert seiner Crew eine ordentliche Bleibe im ‚Cotton House' dem ersten Haus auf dieser Insel. Hier gibt es nicht nur den ‚Tennant' der seiner Margaret seinerzeit imponieren wollt. Hier sind unzählige Steuerflüchtlinge, die sich auf der Insel ‚eingekauft' haben. Sogar bekannte Reiseunternehmen sind hier vertreten. Eigentlich könnte man alles so richtig genießen, wäre da nicht Harrie, der mit seinem ganzen Anmachpotential auf die Masseurin einzuwirken versucht. Mit Erfolg. Er würde es solange probieren, bis er sicher bei ihr gelandet ist, darüber war sich Isabell im Klaren. Harrie, dem es anscheinend Freude bereitet, Isabells Stimmung auf null zu bringen, indem er keine Situation auslässt erhält seine Retourkutsche sofort. Beschimpfungen über seinen Bildungsstand, den Umgang mit Menschen überhaupt, immer wieder dieselbe Platte abspielen, genau dasselbe Szenario anzuwenden, welches er bei ihr ausprobiert hatte. Immer dasselbe. Ärgerlich darüber, dass er vor nicht langer Zeit bei ihr habe landen können. Dabei hatte sie doch damals schon alles durchschaut, richtig eingeschätzt und trotzdem ist sie auf ihn abgefahren, wie damals als Teenager. Nun zieht er dieselbe Show bei dieser Tussi ab. Isabell ist so geladen, als wolle sie gleich platzen. Das kann doch nicht sein. Beim Abendessen fragt diese Tussi von Masseurin doch tatsächlich, ob sie sich zu uns setzen kann, nimmt

Platz und sitzt Harrie vis à vis und macht ihn an nach Strich und Faden und Isabell guckt zu. Es verschlägt ihr die Sprache. Scheiße. Die Stimmung ist vergiftet. Thilda kriegt nichts mit. Sie bedient sich am Buffet, hat dabei einen Typ im Auge, dem sie förmlich auf den Fersen ist. Er sieht nach Vermögen aus, obwohl er keine Markenklamotten trägt. Aber vermögend sind hier wohl alle bis auf Bennis' Crew. Isabell kann nicht anders, als Harrie und diese Massage-Tussi zu beobachten. Harrie macht sie an, bringt ihre Augen zum Leuchten. Sobald ich mich umdrehe ist er mit ihr im Bett, malträtieren sie ihre Fantasien. Die nächste Neuigkeit war, dass er als Solist für die Bar Abende vorgesehen sein wird.

„Du hast doch gar keine Klarinette!" Hat Isabell ihn an den Kopf geworfen, aber seine nächste Aktion war nicht mehr zu stoppen. Er bekam eine Klarinette aus St. Vincent der Hauptinsel und ab sofort war er war der Star des Abends, begonnen mit ‚Wild Cat Blues'. Weiberaugen glänzten. Isabell grollte. Dieser Auftritt war eine Ohrfeige. Wollte Abhauen. Sofort. Aber wohin?! Die beiden Alten würden nichts verstehen. Thilda hatte sich einen Baron, wie sich inzwischen herausgestellt hatte an Land gezogen. Alles kitschig, wie im Roman. Everybody's Darling, und für mich Everybody's Arschloch. Je mehr ich drüber nachdenke, desto besser passt der A Begriff zu Harrie. Dann kam mir in den Sinn, dass die ganze Virusgeschichte hier überhaupt nicht vorkam. Auf Mustique waren anscheinend alle negativ getestet worden bei der Einreise. Wir dahingegen waren blinde Passagiere. Irgendwo außerhalb der Anlegeplätze ankerte unsere Jacht. Niemand hatte uns anscheinend bemerkt. Den beiden Alten war eh alles egal. Sie verbrachten die Abende mit Brettspielen, Harrie nächtigte zwar noch bei mir, war aber tagsüber mit Proben und flirten beschäftigt, um seine Manneskraft zu beweisen und Thilda war gar nicht mehr zu sehen. Wo blieb die Story von Jaques? Meine Arbeit liegt brach, wenn er verschwunden ist. Die Quintessenz fehlt mir noch. Hier, in einem völlig fremden Ambiente sortierte sich alles neu.

Ich lief herrenlos herum und erkundete die Insel, machte bei den Evangelikalen halt, der Text lief hinter dem Altar in großer Schrift, sodass jeder auch in den letzten Reihen mitsingen konnte, so auch *ich* zunächst mit pipsiger, dann mit lauter Stimme aus voller Kraft begann, mitsingen, bis mein Verstand in den Bauch gerutscht war und Erinnerungen aus der Vergangenheit wachrief, die längst in der Amygdala abgelegt waren. Die vielen Stimmen der gefüllten Kathedrale in Verbindung mit meiner eigenen Stimmkraft erzeugte ein Ingangsetzen von Flüssigkeiten, die Augen und Nase zu einem Wasserhahn verwandelten. Diesmal war es kein Gefühl von Wut und Traurigkeit. Vielmehr eine Befreiung, eine Reinigung der Seele. Irgendwann hatte ich Harries Klamotten vor die Hotelzimmertür gestellt. Ab sofort bewohnte ich diese Suite allein. Benni, der irgendwann auftauchte, konnte alles gut nachvollziehen. Er meinte, die Knaben der Familie Blumental gleichen sich wie ein Ei dem anderen. Als Jaques in der Tür stand, entstand kurzfristig der Eindruck eines Streitgesprächs, das in Kürze mit den Worten endete:

„Ich kenne doch meinen Harrie."

Im Gegensatz zu Jaques und mir hatte Benni es inzwischen zu einem großen Guthaben gebracht, was man mit Privatvermögen bezeichnet. Bereits während des letzten Krieges hatte Bennis Vater sein ganzes Guthaben in die Schweiz gebracht.

Die Kinder nannten ihn damals den Gelddrucker. Benni war nun der Nutznießer. Es war eine Kleinigkeit für ihn, uns auf Mustique im ‚Cotton House' dem einstigen Lieblingsplatz von Prinzessin Margaret unterzubringen. Die beiden alten fühlten sich geschmeichelt, mich in die Harpers Bar zu entführen, um meiner Story eine Quintessenz zu setzen.

„Als ich heute Morgen die Zeitung aufgeschlagen habe, und die Schlagzeile las, kam es mir vor wie ein déjà-vu Erlebnis. Ein Bild aus vorchristlicher Zeit erschien mir vor Augen, als hätte ich doch alles schon mal genauso erlebt."

„Ja was denn?" Jaques Augen erscheinen wie zwei Bullaugen hinter seinen Vergrößerungsgläsern.

"Verfallsdatum des Finanzsystems ... Zusammenbruch des Finanzsystems verursacht durch den Lockdown. ... Virus dient als Sündenbock. ... Billionenbeträge werden reingepowert."

Benni lehnt sich zurück. Beginnt aufs Neue:

„Das hab ich doch alles schon mal erlebt. Mein Vater,"

„der Gelddrucker", wirft Jaques ein,

„eben nicht!" Widerspricht Benni, „so blöd war er eben nicht! Er hatte in die Schätze des Bodens investiert."

Isabell versteht nur Bahnhof und wiederholt, was für ‚Schätze' er denn meint.

„Land. Gold. Silber! Eure Sparbüchse solltet ihr euch gut angucken."

Jaques:

„Das war damals vor hundert Jahren."

Benni:

„Nee, vor achtzig Jahren und uns gabs auch schon."

„Also ein paar Silbertaler aufbewahren?" Witzelt Isabell.

„Das ist überhaupt nicht witzig. „r i c h t i g - t e u e r. d e"

So etwas ist nur hier - in diesem Steuerparadies - in einer Tageszeitung zu finden. Genaueres überlasse ich eurer Fantasie."
„Das musst du uns irgendwann mal genauer erklären."
„Wir erleben momentan die absolute Plünderungs-Orgie durch die Großinvestoren," bläst Harrie sich auf.
Isabell: „Amazon verdient sich dumm und dusselig."
Sie wollte es genauer wissen und ein schneller Wortwechsel setzte sich wie ein déjà vu Erlebnis für Benni erneut fort:
„Der reichste Mann der Welt legt seine Reserven in Bitcoin an."
Thilda:
„Und wer soll das sein?"
„Niemand. Das ist eine Kryptowährung"
„Schon mal was von Elektro Autos gehört?" mischt Harrie sich ein.
Thilda:
„Naja, das hab selbst ich schon mitbekommen."
Isabell:
„Ich denk, der Amazon-Fuzzi ist der reichste!"
Benni:
„Und der Tesla-Fuzzi, wie du sie nennst hat ihn überholt."

Thilda zückt die Achseln,
„den kenn ich auch nicht."
Harrie verdreht die Augen,
„So heißt die Firma, die diese Elektro Autos bauen."

Isabell:
„Frag nur, Thilda. Dann brauch ich es nicht tun."

Benni:

„Erinnert mich alles an damals vor 80 Jahren. Damals investierten viele Menschen in Kunstobjekte, die ihre Währung loswerden wollten. ‚Van Gogh' galt als ein beliebtes Objekt."

Isabell:
„Vielleicht ist das alles was jetzt passiert, auch wieder so was wie eine Zeitenwende".

Benni nickt zustimmend mit dem Kopf,
„dieser Tesla Mensch ein Herr Musk legt seine Reserven nur in Bitcoin an. Er glaubt nicht an die Notenbanken. Die haben seiner Meinung nach viel zu viel Dollar und Euro gedruckt. Momentan ist das Vertrauen in Staatliche Institutionen anscheinend verloren gegangen."

Isabell:
„Ich kann da nicht mitreden. Leider."

Jaques erinnert sich an den dicken Spinoza-Wälzer, der ab Seite zehn dazu diente, Jacobs Banknoten zu verstecken.
„Ich war dreizehn Jahre alt und wusste, was er vorhatte, wollte es aber von ihm genau wissen. Meine Neugier wurde sofort mit einer Backpfeife belohnt, konnte mich aber nicht davon abhalten, ihn weiterhin zu beobachten. Feinsäuberlich in Banknotengröße musste ein großer Teil der intelligenten Seiten dran glauben, worüber ich zu einem späteren Zeitpunkt auf dem Schiff sehr froh war, weshalb er mir immer wieder dieselben Weisheiten vorlas."
Jaques begann damit, Vergleiche zwischen Mustique und Hispaniola herzustellen. Das Klima auf den kleinen Antillen zu denen Mustique gehört ist viel lieblicher, meiner Meinung nach

gar nicht mit den großen Antillen vergleichbar. Er steuerte das Thema seines Sohnes Johannes an. Ein emotional belastetes Thema um das er in seiner Ausführung zunächst gut drum herum schlich:

„Von Martha habe ich euch noch gar nichts erzählt"

„Nee, nur von der tollen Thilda," meint Isabell

„Sie kam mit dem nächsten Flüchtlingsstrom, aber sie verstarb sehr früh. Johannes war noch klein damals."

„Der hat sich aber rar gemacht", meint Benni so nebenbei und will wissen, wie die Herberge ankommt.

„Luxus", mehr fällt Isabell dazu nicht ein.

Harrie, der die Einladungen von Benni schon kennt, verhält sich verhalten. Ihm ist insbesondere das hübsche Hotelpersonal ins Auge gestochen.

„Wo war ich stehengeblieben?"

Benni:

„Weißt du ganz genau! Bei Johannes und seiner Mutter Martha. Und das war auch vor hundert Jahren."

„Nicht ganz. Genau gesagt kam sie in den vierziger Jahren."

1939

Hispaniola Sosúa
Um von seiner Frau Martha und seinem Sohn Johannes zu erzählen musste Jaques noch etwas länger ausholen. So langsam hatten wir uns in Sosúa auf der Karibikinsel eingelebt. Jeder Erwachsene, vielleicht waren es auch nur die Männer besaß, ein Pferd, und wir konnten ins Dorf hineinreiten und es schien, als wären wir die Attraktion für die Dorfbewohner von Sosúa. Die Dominikanerinnen machten den deutschen Männern schöne Augen. Aber es gab auch viele Krankheiten. Wir Europäer waren nicht vorbereitet auf das tropische Klima. Fälle von Malaria, wurden nicht gleich erkannt. Es gab Kinderkrankheiten, die nicht richtig diagnostiziert wurden.
Viele Einwanderer hatten sich nach Kriegsende im Jahre 1945 dann doch erfolgreich auf den Weg nach USA begeben. Aber Vater hatte beschlossen, 'wir bleiben jetzt in Sosúa.' Wahrscheinlich blieben wir wegen den hübschen Dominikanerinnen auf der Insel und für mich war es sowieso außer Frage hierzubleiben.
Ich fühlte mich nach unserer Odyssee zum ersten Mal zuhause. Außerdem gab es Martha, die mit dem nächsten Schwung deutscher Flüchtlinge bei uns ankam. Martha wurde mir so zusagen zugeteilt. Eigentlich war sie mir viel zu dick und dann schwitzte sie immer so sehr. Wischte sich mit einem komischen Lappen ständig im Gesicht herum. Aber weil sie sehr nett zu mir war, indem sie mir ständig den Hof machte, kamen wir uns schließlich näher. Und irgendwann sogar so nahe. Es wurde schummrig und je schummriger es wurde, desto mehr traute ich mich, ihre Rundungen abzutasten. Ihre

Oberschenkel klebten wie zwei mächtige Wachhunde vor ihrer Weiblichkeit zusammen, was ein Eindringen sehr erschwerte. Oft war meine Mitgift bereits vor dem Erreichen des Ziels schon ergossen. Einige Jahre später haben wir uns schließlich verlobt. Ich machte es zur Bedingung, dass sie ein paar Pfunde abnimmt. Wenigstens an bestimmten Stellen. Die Gewichtsabnahme fand überall statt, jedoch am wenigsten an den von mir gewünschten Stellen.

Martha und Johannes
Neunzehnhundertsechsundvierzig führte kein Weg mehr dran vorbei, Martha war schwanger, Johannes kam auf die Welt und ich musste sie heiraten. Natürlich war ich der Vater von Johannes, aber doch noch nicht zu diesem Zeitpunkt, dachte ich damals. Eigentlich wollte ich mich auch nur ein bisschen Vergnügen. Vater kannte sich gut aus mit diesem Thema.
"Hättest du besser aufpassen müssen", dabei verdrehte er die Augen in alle Himmelsrichtungen. "Gut", mehr fiel mir dazu nicht ein. Ihre paar Pfunde, die sie mir zur Liebe abgehungert hatte, kamen nach Johannes' Geburt in doppelter Form wieder zurück. Sie war zuckerkrank. Ihr ungesundes Leben, ihre ständige Lust, süßes Zeug aller Art zu naschen, rächte sich schnell. Ihr Blutzucker stieg rasant an zu einer Überzuckerung im Blut. Letztlich starb sie an einem hyperglykämischen Schock. Johannes machte alle Kinderkrankheiten durch. Er hatte Fiber. Er hatte Halsweh. Er hatte Masern. Er hatte Windpocken. Kein Kinderarzt sah sich imstande, seine Krankheiten richtig zu diagnostizieren. Rückblickend wird mir klar. Ihm fehlte die Mutter. Jedenfalls wurde dieser Verlust seiner ständig wiederkehrenden Halskrankheiten zugeordnet.

Vater starb, als Johannes noch klein war. Er schlief einfach ein. Genauso stellte ich mir das auch mal vor. Er fühlte sich warm an als wir ihn fanden. Der Arzt drückte ihm die Augen zu und wir standen andächtig um ihn herum. Es war nicht so wie heute, wo der Notarzt alle Hebel in Bewegung setzt, um einen Menschen wieder ins Hier und Jetzt zu befördern. So etwas habe ich nie verstanden. Der Tod ist doch ein Prozess, den der Mensch am Ende seines Lebens durchläuft. Bei den Buddhisten gibt es viele Stufen des Abschiedes aus dem leiblichen Körper. Sie sind der Ansicht, beim Sterben handelt es sich um den wichtigsten Prozess des Lebens und deshalb sollte man sich auch schon zu Lebzeiten auf diesen letzten Abschnitt vorbereiten. - Aber was tut die heutige Medizin? Ich mag gar nicht daran denken, wie sie sich an manchen Menschen versündigt, wenn sie die letzte Lebensphase erreicht haben, wenn sie beschlossen haben, sich von diesem Planeten zu verabschieden. Vater ist in Frieden von dieser Welt gegangen und man hatte ihn gehen lassen. Sicher war seine Lebensaufgabe für ihn erfolgreich abgeschlossen. Immerhin hatte er es geschafft, uns vor den Horrorszenarien des bevorstehenden zweiten Weltkrieges rechtzeitig in Sicherheit zu bringen.
Und schließlich war es der Zufall, der einem dann geschieht, wenn man den Fluss des Lebens zulässt, denn alles fließt an einem vorbei und wenn du es fließen lässt, wirst du von dem Fluss getragen. Er trägt dich durch Veränderungen hindurch, du musst ihm nur vertrauen.
Und dieser Fluss - naja Ruth gehörte nicht unbedingt zu dieser Einsicht dazu, würde Vater jetzt sagen, sie habe ihn einfach ‚stehenlassen'. Dabei war es genau umgekehrt, und ich hatte

gesehen, dass sie es war, die während des Spazierganges stehenblieb, und Vater es war, der mal wieder nichts gemerkt hatte.

Wer weiß, vielleicht war ihr ‚Stehenbleiben' der Zeitpunkt sich für immer von uns zu verabschieden, sodass ihr Stehenbleiben gerade auch der Auslöser dafür war, Veränderungen zuzulassen. Unsere Reise ohne Mutter an den Genfer See begann für mich mit einer neuen Durststrecke. Doch die zufällige Begegnung mit einer neuen Liebe brachte zu mindestens Vaters Durststrecke zum Stillstand. Es war die zufällige Begegnung mit Golda, die seine Energien des Lebens wieder zum Fließen brachten.

Es sind die Zufälle, die den Menschen in den Momenten passieren, sobald sie wieder offen sind für die Welt, in der sie sich befinden. Ich hatte ihn genau beobachtet, wie er an jenen Abenden strahlte, als er seinen ‚kleinen grünen Kaktus' mit seiner künstlichen Nasalstimme besang. Sein ‚kleiner grüner Kaktus' war jetzt Golda und es war, als wäre Mutter im Altgedächtnis abgespeichert worden. All diese Gedanken waren mir plötzlich wieder vor Augen, nachdem auch dieser Lebensabschnitt beendet war. Vater war also von uns gegangen.

Ende der vierziger Jahre kam Johannes, unser Sorgenkind zur Welt. Man schrieb das Jahr sechsundvierzig. Immer wieder war von einem Virus die Rede. Aufgeklärt wurde nichts. So richtig hatten wir nie erfahren, um was für eine Krankheit es sich handelte. Wir waren auch zu sehr mit uns selbst beschäftigt. Johannes Kinderjahre vergingen genauso schnell wie meine Kinderjahre, sodass ich mir viel zu oft darüber Gedanken machte, wo die ganze Zeit denn geblieben ist. Einige Jahre später hatte sich der kränkelnde Knabe zu einem hochgewachsenen gutaussehenden Kerl entwickelt.

Die achtziger Jahre
Tilda (Mathilda)
Der gutaussehende Kerl Johannes war inzwischen erwachsen. Regelmäßig machte er Mathilda schöne Augen. Die Dominikanerin Mathilda kam zweimal in der Woche mit frischen Mangos, Ananas und Papaya bei uns vorbei, die sie aus Santo Domingo mitgebracht hatte. Sie brachte nicht nur Obst, sondern ihr strahlendes Lächeln verbreitete gute Laune. Ich nannte sie Thilda, fand, dass der Name besser zu ihr passte. Hinzu kam, dass Martha und Mathilda beides mit Ma beginnend erinnerte mich an Martha, die früh verstorben war.

Thilda und mein Sohn Johannes waren ein Paar, dann wieder nicht, später wieder doch, als sich Johannes 1981 überraschend nach USA abgesetzt hatte. Seine dominikanische Dauerverlobte Thilda war nicht gerade begeistert. Sie war hochschwanger mit Harrie. Aber es hatte keiner so richtig nachgefragt. Die Dominikaner gingen irgendwie lockerer damit um als wir deutsche.

Ich hatte ihr natürlich auch Avancen gemacht. Es kam ihr nicht gerade ungelegen. Johannes war mit der Feldarbeit beschäftigt und wir unterhielten uns in einem Kauderwelsch. Manchmal konnte ich Brocken meiner Französischkenntnisse verwenden, um das spanische zu analysieren. Mir gefiel es, wenn Thilda in der Küche beim Gemüsewaschen war, und ich sie mit ihrem damals noch kleinen runden Hintern hin und her wackeln sah. Dieser kleine Hintern animierte mich und hin und wieder griff ich auch zu, woraufhin sie nur mit belustigtem Lachen reagierte, bis sich eines Tages meine Männlichkeit derart auffällig in mir regte, was ihr wiederum gefiel und es war als hatte sie nur auf diesen Moment gewartet, endlich zur Sache zu kommen. Die erotische Anziehung metaphysischer Wellen schoss sich bei mir und Thilda bereits bei der ersten Begegnung ein. Damals, als sie zum ersten Mal ihre Früchte bei uns anbot: "Ananas" sagte sie nur, und ich sagte "Ich liebe Ananas"

Wir sprachen mit Händen und Füßen über die frischen Früchte aus Santo Domingo. Johannes hatte die Idee, noch ein paar Tapas vorzubereiten und den guten Tequila anzubieten. Schließlich hatten wir sie dazu bewegt, über Nacht zu bleiben. Es war klar, dass Johannes ein Auge auf diese zauberhafte, kaffeebraune Gestalt geworfen hatte. Er bot ihr an, in seinem Bett zu übernachten, während er auf der Couch schlief. Rückblickend gefiel Thilda Johannes und mir wohl gleichermaßen, aber Johannes hatte den Vortritt, weil er ihr altersgemäß eher entsprach als ich alter Socken.

Von einem Tag auf den anderen war Johannes plötzlich weg. Nach USA. Ohne Adresse. Für mich war das kaum zu glauben. So etwas hatte noch nicht einmal ‚ich' mir geleistet. Thilda war schließlich hochschwanger mit Harrie. Als Harrie zwei Jahre alt war, kam er hierher in mein Haus und Thilda kehrte zu ihrer Familie nach Santo Domingo zurück. Alles schien unkompliziert. Aber es schien nur so.

2020

Mustique Meerblick
Suite mit Meerblick hat Benni sich gut einfallen lassen. Jedes Mal ist Jaques wieder begeistert über die Wahl.
„Hast du hier schon jemand Bekanntes gesehen?"
„Wen meinst du?"
„Bin mal gespannt, wen Thilda sich geangelt hat."
„Hoffentlich keinen Heiratsschwindler."
„Was kann Thilda einem Schwindler schon vermachen?"
Die zwei Alten schwelgten zu gern in der Vergangenheit. Jaques bekam immer ganz leuchtende Augen, wenn er zum abermals wiederholten Mal von Thilda erzählt hat, aber immer etwas anders, wenn sie wieder ihre Ananas und Papaya und nicht zu vergessen die leckeren Passionsfrüchte, die durchschlagende Erfolge hatten, wenn man zu viele von ihnen aß anbot." Seine alten Knochen bewegen sich von der Veranda einige Stufen treppab zum umliegenden Strand. Das Meer vor seinen Augen und vor sich hin brabbelnd:
„Wo ist sie den eigentlich?"
„Wen meinst du?"
„Na meine Thilda."
„Die ist sicher mit ihrer neuen Errungenschaft beschäftigt."
Von weitem erkennt Benni einen fleißigen Matrosen auf seiner Jacht. Harrie hat sein Versprechen eingehalten. Er putzt die ‚Azimut 62fly', die für ihn schlichtweg eine Megayacht bedeutet. Am liebsten wäre er mit Isabell allein zu der Mücken-Insel, wie er Mustique immer nannte geschippert. Aber Bennie ein Goldfisch in seinen Augen hätte ihn nie mit seiner Luxusyacht allein zu den kleinen Antillen reisen lassen. Alle

Kleinigkeiten säuberlich unter die Lupe zu nehmen reizte seine Sinne.

„So präzise habe ich Harrie noch nie gesehen. Unreinheiten entfernte er mit Sprudelwasser der Seitenfenster im Salon, solange bis er den klaren Durchblick zum Strand hatte."

„Hat er sich mit Isabell wieder eingekriegt?"

„Sicher ist sie es, die die Nippes Sachen putzt."

Jaques gibt das Fernglas weiter zu Benni.

"Da drüben, die kleine Bucht, das ist die 'Chiquita Beach'. Nicht weit entfernt waren die Felder, die wir bestellen mussten. Aber das ist eine andere Geschichte. Viel schlimmer war es, dass sie uns in Holzverschläge eingereiht hatten. Dabei handelte es sich bei uns doch um wirtschaftlich unabhängige Menschen, die gekommen waren. Da hatte wahrhaft niemand Lust auf eine ländliche Kollektivsiedlung. Die Leute sind ganz schön aufmüpfig geworden."

Wie aus dem Nichts steht Isabell plötzlich neben ihm. Isabells entspannten Gesichtsausdruck ist anzusehen, wie wohl sie sich in dieser Umgebung fühlt. Ihr einstiges Vorurteil vom 'Ballermann' hatte sich schon völlig verflüchtigt, aber dann zückt sie fragend ihre Schultern hoch:

„Jaques, ich dachte das wir das doch schon alles hatten. Ich habe alles gespeichert. Und wir sind nicht in deinem Haus, sondern immer noch auf Mustique, der Mückeninsel wie du sie immer nennst. Das hier ist eine zauberhafte Suite, die Benni dir spendiert hat."

Bennie

„Er hat manchmal Ausfälle, insbesondere dann, wenn er aus der Zeit von vor hundert Jahren erzählt."

Er macht eine Atempause und fährt fort:

„Ich glaube, es hängt mit dem Geheimnis zwischen Johannes und Harrie zusammen. Immer wenn er über Thilda und die Vergangenheit redet, dann verändert sich eine Kleinigkeit, aber das wirkliche Geheimnis will noch nicht raus aus ihm, obwohl es alle wissen."
„Aber Johannes ist nicht da!"
„Aber Thilda und Harrie," er wirft einen Blick zur Jacht „ich dachte, du bist bei Harrie da drüben."
Isabell ist stinksauer:
„Ne, der flirtet sicher wieder mit dieser neuen Tussi von neulich!"
Bennie
„Dann schau doch mal da rüber, der flirtet nicht, sondern putzt und ich dachte, du hilfst ihm dabei," sieht ihr wütendes Gesicht, „das ist alles nur Imponiergehabe mit dieser Tussi! Das kannst du mir glauben. Ich kenne den schon etwas länger. Und nicht nur ihn, sondern auch seinen Vater."
„Den kenn ich nicht. Ich denk Johannes vor langer Zeit nach USA ausgewandert."
Benni verdreht seine Augen in alle Richtungen, in die sie sich noch drehen können. Ist still. Wechselt das Thema zu Jaques und spricht so laut, dass er ihn auch hört:
„Isabells Airline hat Insolvenz angemeldet, sie bleibt jetzt hier. Sie will zum Thema 'Interview' einen Artikel über dich schreiben."
Isabell:
„Aber Jaques, das hatten wir doch alles schon besprochen. Sie sind ein Zeitzeuge. Während ich hier sitze und ihnen zuhöre, kommt mir der Gedanke, etwas über einen Zeitzeugen zu

berichten. Den Zeitzeugen Jaques, der sich zur richtigen Zeit am richtigen Ort befand."

„Aber ich bin nicht allein gekommen, sondern mit meinem Vater. Der Zeitzeuge an sich ist mein Vater Jacob. Er war es, der zur richtigen Zeit am richtigen Ort war. Er sang in Évian und er war es auch, der diese Lilian oder Golda traf. Ohne sie wären wir ... mag ich gar nicht drüber nachdenken."

Freudig lächelt Isabell ihn an, „ich hab alles im Kasten," deutet auf ihren Hinterkopf. „Fast lückenlos hast du uns auf der Fahrt hierher die Geschichte mit Lilian oder Golda von deinem Vater Jacob erzählt. Wirklich spannend. Aber mit Harrie sind wir nun fast in der Gegenwart. Thilda ist seine Mama. Aber wo ist der Vater abgeblieben?"

Ein dickes Klopfen an der Tür ihrer Suite ist kaum zu hören. Vor der Tür wartet der Zimmerkellner mit Champagner, Rotwein und zugedeckten Leckereien, die Bennie geordert hatte. Auf einem schön drapierten Bocado-Wagen mit weißer Tischdecke, auf dem kleine Vorspeisen geschmackvoll hergerichtet sind warten zwei Weinflaschen darauf, geöffnet zu werden.

Bennie:

„Der wartet auf ein Trinkgeld."

Dem Ober fällt bei seinem Bückling eine Strähne aus der mit Gel glattgekämmten Frisur in die Stirn. Er scheint zufrieden über seine Belohnung.

Bennie:

"Ich muss meine alten Knochen ein bisschen bewegen. Die Flasche ist leer und ich guck, ob ich noch was Neues in der Bar finde, um euch gut zu bewirten."

Mit nassen Füßen kommt Harrie über den Strand gestapft und erhält ein großes Lob von Bennie:

„Ich habe dich beobachtet, wie du dich meiner „Azimut" angenommen hast."
„Ist wirklich ein toller Kahn, dein kleines Bötchen."

Harrie stellt neue Leckereien mit der geöffneten neuen Flasche auf den Tisch:
„Ich genieße ihn täglich, diesen Blick von der Veranda aus und den großen breiten Strand. Für mich war es der Ort nach einer langen Reise, der einfach klasse war. Jeden Tag konnten wir baden gehen. Felder bestellen mussten wir natürlich auch. Das war weniger spannend. Aber hier war es für uns Kinder in Ordnung. Mir ging es gut. Bis auf die Sonne, die regelmäßig unsere helle Haut verbrannte, sodass man am nächsten Tag die Fetzen wie von einer Pellkartoffel abziehen konnte. Uns fehlte es an nichts."
„Jetzt hat er wirklich einen sitzen, redet immer dasselbe. Naja, jetzt ist er wieder in der Vergangenheit."
Harrie wirft einen Blick auf die leeren Flaschen und seine Gedanken sind seinem Gesicht abzulesen.
„Wirklich gutes Tröpfchen", Bennie begutachtet sein Glas.
Thilda ist inzwischen dazu gekommen und berichte drauf zu:
„Johannes ist seit geraumer Zeit wieder auf Hispaniola. Er ist auf dem Weg zu uns nach Mustique."
Isabell staunt, für sie ist es kaum zu glauben, dass ein Kindsvater seine Frau Thilda im hochschwangeren Zustand
mit Harrie einfach verlässt und in die USA auswandert und nun so tut, als sei alles ok. Dieser Johannes, was ist das für ein Typ, der jetzt mal da ist, aber wieder nicht hier, wo wir sind? Der fehlt mir noch in meiner Berichterstattung. Aber zu hinterfragen, das trau ich mich nicht. Schon oft hatten sie sich so ein

Familientreff vorgenommen. Vor ein paar Jahren hatte es dann geklappt. Johannes und Mathilda trafen sich wieder. Auch Harrie war dabei. Sie redeten über die Entwicklung von Harrie, als wäre es ganz normal gewesen, dass Harrie bei seinem Opa Jaques aufwuchs. ‚Aber jeder wusste es. Jeder wusste, dass Johannes als Kind einen fiberhaften Infekt hatte, der erst viele Jahre später als Kinderkrankheit ‚Mumps', die mit der Möglichkeit einer Fruchtbarkeitsstörung einherging, diagnostiziert wurde, weil ihm ständige Schmerzen an den berühmten Stellen plagten.'

Benni macht sich mit der leeren Flasche auf den Weg zum Kühlschrank, und Jaques nutzt die Gelegenheit, um wieder aus der Vergangenheit auszuholen:

„Wir hatten uns schon fast aus den Augen verloren. Aber dann fand ich vor geraumer Zeit eine Nachricht von Benni im Briefkasten. Benni war derjenige, mit dem ich mich austauschen konnte. Wir redeten stundenlang über die Geheimnisse unserer Eltern. Und Benni war derjenige, der genau wusste, wie schwierig Vater war.

„Genauso schwierig wie du!" funkte Harrie dazwischen, aber Jaques hat es nicht mitbekommen und erzählt weiter:

„All das ging uns in der Zwischenzeit verloren," fuhr er fort. „In der Zwischenzeit passierte das eigentliche Leben. Mutter war ein für alle Mal weg. Vater war tot. Was unsere Gemeinsamkeit betrifft, dreht es sich um die Zeit 'davor' und die Zeit 'danach', in der wir uns jetzt wieder zusammengefunden haben. Als wir uns dann im Greisenalter wieder trafen war die Zeit 'dazwischen' plötzlich bedeutungslos und es war, als hätten wir uns gestern als 13jährige Jungs zuletzt gesehen."

Benni hält eine neue Flasche in der Hand und will sofort an Kinderzeiten anknüpfen, doch Isabell kann sich die Bemerkung nicht verkneifen:

„Ihr seid vielleicht Schluckspechte!"
„Jaques, es hat geklopft, dein Gehör ist wirklich schlecht."
Benni ist zwar genauso alt wie Jaques, hört aber noch deutlich mehr. Dafür sieht er nichts. Muss oft sein Fernrohr zur Hilfe nehmen.
Jaques:
„Mein Schulfreund Benni hat sich nun für seinen Lebensabend vorgenommen, in der Karibik zu bleiben,"
und er spricht weiter ohne Punkt und Komma, erzählt von Bennis Vater, dem ‚Gelddrucker', wie sie ihn immer nannten. Er hatte es verstanden, seine Kohle rechtzeitig in die Schweiz zu bringen und da er über genügend Flüssiges verfügte, war er dort auch gern gesehen und wurde problemlos aufgenommen. Geld machte schon immer alles möglich. Wir dahingegen hatten nur ganz wenig Geld und deshalb wurden wir hierher zum ‚Trujillo' in die Karibik verschachert. Und schließlich waren es die netten Dominikanerinnen, die mich mit ihrer lockeren Einstellung zum Leben auf dieser Insel begeisterten. Bis heute erfreue ich mich an ihrer Salsa und Merengue Musik. Nicht besser hätte es uns wo anders ergehen können. Hier, an diesem goldsandigen Strand mit seinem Tauchriff und den Kite-Surfern - die es damals allerdings noch nicht gab - ist es einfach gut auszuhalten. Sie sind so lebensfroh, diese Dominikanerinnen ...
„ich greife ihr heute gern noch um die Taille, und ...", die weiteren Gedanken behält der Alte dann erst einmal für sich, fährt etwas lallend fort:
„Früher konnte ich Thilda locker umschlingen und ihren hochgestellten Hintern, der auf einem hohen Fahrgestell thronte, locker begrabschen. Er war so rund, als wolle er dazu einladen,

einen Blumentopf auf seiner vorgewölbten Rundung abzustellen. Heute hat sich ihre Rundung bis hin zum Dekolleté hochgearbeitet."

„Was fällt dir ein!" Ist Thilda hinter ihm zu hören, „er hat einen sitzen!"

Obwohl sie nur wenig Jünger war als mein Sohn Johannes so ist sie doch mindestens fünfundsechzig. Aber das Alter kennt hier wenig Grenzen. Schwarzes Kajal um die Augen, knall-rote Lippen umrandet von zwei Kreolen so groß wie Wagenräder schmücken ihr rundes Gesicht immer noch und wenn sie lacht, blitzen ihre weißen Zähne hervor bis auf die hinteren, die nicht ersetzt worden sind. Sie lachte immer viel und aus vollem Herzen und natürlich hatte sie jemanden gebraucht, der sie in den Arm nahm als sie plötzlich allein war.

Thilda:

„Naja. Vorher, das mit Harrie, das war nicht so geplant, war eher ein Versehen."

Jaques hatte erst viel später erfahren, dass Johannes gar nicht zeugungsfähig war. Mathilda nahm das alles nicht so tierisch ernst. Und Johannes war weg. Und Harrie hatte nicht nachgefragt.

Jaques:

„Tja, das war damals als wir noch jung waren. Jetzt sitze ich im Gegensatz zu früher nur noch am Fluss zum Angeln. Die Zeiten der Bergwanderungen sind schon lange vorbei. Früher habe ich den 'Pico Duarte' bestiegen. Ist immerhin der höchste Berg der Antillen über dreitausend Meter hoch. Die Leute denken immer nur an 'Ballermann', wenn sie hierherkommen. Hier auf meiner Veranda ist kein 'Ballermann'!"

Bennie:

„Jaques, wir sind auf Mustique, auf der Mückeninsel! Und da drüben steht unser Bötchen!"

„Es ist als hätte er Sabbelwasser getrunken".

„Vino Tinto", verbessert Bennie.

Inzwischen ist es schummrig geworden. Die Lichter der vor Anker liegenden Jachten leuchten schon. An der Zimmertür der Suite klopft es: Bennie hat geöffnet.

Thilda, Harrie, Isabell und ganz hinten Johannes zeigen ein freundliches Gesicht.

Jaques kämpft gegen einen leichten Schluckauf. Ein Klopfen an der Tür war ihm entgangen. Vor ihm standen die „Seinen" wie aufgereiht.

Jaques:

„Ich freue mich zwar, meinen Sohn Johannes nach all den Jahren wiederzusehen, denke aber, das ist eine komische Überraschung, alles so ohne Ankündigung, einfach so! Aber Thilda meint,

"wir haben noch jemanden mitgebracht, Jaques," Jaques erblickt Johannes und es ist, als würden ihm die Augen herausfallen, und versucht, seine peinliche Rührung zu überspielen mit,

"ach habe dich erst gar nicht gesehen, … mein Sohn Johannes ist auch ein älterer Herr geworden, nach all den Jahren."

„ist ja eine tolle Begrüßung,"

„ihr überrascht mich!"

„Hoch – Leben - wollen wir dich"

„Es ist dein x- und neunzigster Geburtstag - wie du selbst immer sagst - und wir lassen dich hochleben. Was willst du für Musik hören?"

„Gar nix, ich feire nix mehr, weiß doch jeder!"

Isabell fühlt sich fehl am Platz, komische Stimmung, dabei deutet sie Harrie,
„ich verzieh mich an den Strand," Harrie folgte ihr.
Eindrücke gehen Isabell durch den Kopf wie, 'der Alte erzählte von Spinoza und den natürlichen Gesetzen. Er meinte, Gott sei eins mit der Natur und einer höheren Intelligenz. Mit der höheren Intelligenz meinte Spinoza das Universum. Er war sich auch ganz sicher, dass alles was geschieht, ausnahmslos den planmäßigen Gesetzen der Natur folgt. Da passt Harrie doch gut ins System, fällt ihr ein. Harrie will jetzt nach Europa. Glaubt er finde ein Engagement mit seinem Musikinstrument? Wenn man die derzeitige Situation in Europa anschaut, dann kann man verfolgen, dass sich alles in Richtung Westeuropa bewegt. Eine richtige Völkerwanderung. Genau in das Gebiet, aus dem viele Menschen einst vertrieben wurden. Alles dreht sich im Kreis. Was der Alte über Spinoza und diese 'natürlichen Gesetzen' all die Jahre doziert hatte, ja ... könnte so sein. Alles in der Natur unterliegt einer natürlichen Gesetzmäßigkeit.'
Harrie und Isabell gehen wortlos neben ein Ander her, bis beide gleichzeitig beginnen zu erzählen,
„ich habe ..." beginnen Harrie und Isabell gleichzeitig,
„Harrie, du bist auch einer, der nach Europa zurückkehrt."
Harrie:
„Man sagt mir nach ich monologisiere nur. Kann sein, aber eines ist klar, ... Trujillo wollte die Hautfarbe seiner Bevölkerung aufhellen. Deshalb waren Jaques und sein Vater Jacob hier willkommen ... das Leben ist schon ganz schön schräg." Macht eine Atempause:
„Dabei bin ich doch viel hübscher als du," und vergleicht seine getönte Haut mit ihren weiß-rosa schimmernden Arm"

„und hochgewachsenen Knackarsch",
„was man von dir nicht gerade sagen kann,"
„du bist vielleicht und eingebildet und uncharmant!"
Sie kommen zurück über den Garten zur Veranda. Beim Eintreten ist Isabell sich nicht sicher über die Stimmung von Jaques. Hoffentlich ist die Luft rein.
„Meinst du die da drinnen haben ihr Thema abgehakt?"
„Denk schon, außerdem ist das alles nichts Neues."
„Dann können wir wieder reingehen,"
er muss immer das letzte Wort haben, dabei dreht er sich lachend zu Isabel,
„bei mir hat's doch funktioniert, ich bin kaffeebraun mit einem guten Schuss Sahne und gut gebaut auf langen hochgestellten Beinen", will Zustimmung von Isabell. Aber Thilda hat es auch gehört und meint,
„ja das ist von mir,"
„fehlt aber noch was,"
„deinen athletischen Body, meinst du das?"
Mathilda zu Jaques
„seinen sexy 'm, du weißt schon, haben wir ihm vermacht."
"Jaques kriegt einen dicken Hals," spottet Mathilda
„wir? Meinst du uns beide?"
Mathilda nickt. Harrie verteilt volle Sektgläser und wendet sich Jaques zu
„du bist x-und neunzig und sollst nicht irgendwann mit einem Geheimnis ins Jenseits treten."
„Geheimnis?" Wiederholt Jaques.
Mathilda:
„aber wir wissen es doch alle. Du auch!"
Jaques:

"SO, Ich auch!"
Mathilda zu Harrie,
„DU hast nichts ausgelassen, und mich auch nicht."
Zu Harrie gewandt,
"Spiel uns was Schönes, ... eine Salsa ... das musikalische hat er von Jaques." Beim tiefen Einatmen bleibt Jaques der Mund offenstehen, als reiche ihm die Luft nicht aus und ihm fliegen Gedanken durch den Kopf wie, ‚eigentlich wäre es mir lieber gewesen, alles wäre ein Geheimnis geblieben. Irgendwie überfordert mich dieses Geradeaus. Und wie sollte Harrie mich denn jetzt anreden. Mit Opa, Papa, Vater, oder mit Jaques? - Genau, mit Jaques, das wäre das Beste,' stellt Jaques sich vor, als sei er seit langem auf so eine Situation innerlich vorbereitet gewesen.

Das Verhältnis zwischen seinem Sohn Johannes und Jaques fröstelte vor sich hin. Aber nach all den Jahren und dem Ergebnis 'Harrie' ist momentan noch nicht mehr zu erwarten.
Während die anderen schweigend auf das aufgewühlte Wasser blickten, braute sich am Himmel erneut etwas zusammen. Die Jacht schaukelt vor sich hin. Der Wind zieht den Vorderteil des Schiffes in die Höhe, als wollte es abheben.
Harrie:
„Sieht aus, als will unsere ‚Azimut' ohne uns nachhause fliegen. Hebt gleich ab."
Der Regen prasselte auf die Dächer. Bennie erzählte wieder aus vergangenen Zeiten. Harrie ermahnt ihn,
"du musst lauter sprechen". Bennie wird unsicher," will er das wirklich wissen was damals war?"
"Ja klar! Was fehlt denn noch."

Bennie lässt seine Gedanken laufen. Dabei fällt mal wieder der Name des Klavierklimperers, wie Vater ihn immer nannte, Vaters Lieblingsthema von früh bis spät. Er hatte damals vor Kriegsausbruch noch wochenlang über ‚Miron', so hieß der Lover von Mutter geflucht. Hatte seine Haustür fast eingetreten, bis eine Nachbarin in der Tür stand und ihm von der geplanten Abreise nach New York oder Kuba berichtete. Jedes Mal, wenn ihm irgendein Indiz zu Mutters Verschwinden einfiel, begann er wieder auf diesen Klavierklimperer zu schimpfen. Immer wieder geisterte ihm durch den Kopf, wie es passieren konnte, dass dieser Typ ihm die Frau geraubt hatte. Ausgerechnet ihm. Wo die Beiden letztlich gelandet sein könnten, recherchierte er dann ab einem bestimmten Zeitpunkt nicht mehr. All das ließ seine gekränkte Eitelkeit nicht zu. Und seinen eigenen Anteil anzuschauen, das war damals genauso unmodern wie heute. Ich dahingegen habe noch genau diesen Weg in Erinnerung den wir damals gingen, als Vater vor sich hin meckerte und Mutter in keiner Weise zu Wort kommen ließ. Ich sah nur wie sie mit ihren Händen gestikulierte, um ihren Einwand kundzutun, bis sie einfach stehen blieb, ihn meckernd weiterlaufen ließ und nach der Kurve umdrehte und verschwand, woraufhin Vater mich dann angemacht hatte, wo Mutter denn geblieben sei. Dass nun ausgerechnet mein Schulfreund Benni bis ins kleinste Detail über Mutters Auswanderung informiert war, fiel mir im Traum nicht ein. Und Harrie war es schließlich, der gern in der Geschichte seiner Familie herumkramte und mit Benni hatte er den richtigen gefunden. Benni tauchte gern in seine kindliche Vergangenheit ab, erzählte ihm, wie sehr er seinen Freund Jaques, Harries 'Opa' damals

im Jahre 1938 vermisst hatte, als sein Vater mit ihm nach Frankreich und später nach Sosúa geflüchtet war,
„dass man es in Deutschland überhaupt nicht mehr aushalten konnte. Willst du das wirklich alles wissen??"
Der Regen ergoss sich inzwischen wie aus Eimern auf den Dächern.
„Unser Platz fühlt sich an, wie unter einer geschützten Glocke des Universums. Ich will hören was sie sich erzählen". Die Innenflächen seiner Hände vergrößern seine Ohrmuschel, um Bennies Wortlaut folgen zu können.
"Jaques, weißt du denn nicht was mit Miron und Ruth, ich meine mit deiner Mutter passiert ist?"
"Doch! Sie sind zusammen ausgewandert. Ausgewandert zu Vaters Freund 'Roosevelt' nach USA," hab aber oft dran gedacht, dass sie mich mit Vater einfach hat sitzen lassen. - Irgendwas hatte ich dann gehört im Zusammenhang mit Kuba, dann war der Kontakt weg. Dieser Klavierklimperer war in Bennies Augen ein Mistkerl. Harrie wirft ein,
"man erzählte sich, der Alte war sicher auch nicht der einfachste. Künstlerallüren. Sie konnte ihn begleiten, egal welche Arie es war und du hattest die Sopranstimme übernommen,"
"genau, hatte ich auch später noch auf dem Schiff während der Überfahrt übernommen, als er mal wieder durchgeknallt war. Damals musste er Zarah Leander Lieder singen. Er hatte sich so aufgeblasen, dass sogar der mittlere Knopf von seinem weißen Oberhemd geplatzt war. Ich hatte aus dem Stegreif die Arie der 'Michaela' aus Carmen gesungen."
„Du reißt ständig das Thema an dich" regt Harrie sich auf, „jetzt sei doch mal still!!" Er wendet sich Bennie zu,
„was wolltest du grad sagen?"

"Jaques, sie sind nicht gar nicht nach USA ausgewandert. Sind auch nicht reingelassen worden."
"Wohin denn?"
"Nirgendwohin." Macht eine Pause.
"Beide, dieser Miron und deine Mutter befanden sich auf diesem berühmten Luxus Dampfer 'St. Louis' auf dem Weg nach Kuba,"
machte wieder eine Pause. Versuchte sich eine Zigarre anzuzünden. Es kam vom Himmel runter was runterkommen konnte. Regen prasselte wie aus Kübeln.
„Ist das zu fassen!! Ein Ami-Luxus Dampfer, der die Leute nicht in sein eigenes Land lässt."
„jetzt halt mal deine Klappe!" Fährt Harrie wieder dazwischen, als würde er schon bescheid wissen.
"Sie sind erst ein Jahr später gefahren",
während Benni erzählt raucht er eine ‚Havanna', die ständig ausgeht. Symbolträchtiger gehts ja gar nicht. Das Mundstück war schon ganz feucht und er zog an der Zigarre so lange bis die rote Glut an der Spitze zu sehen war.
"Sie hatten sich in Hamburg auf die 'St. Louis' mit dem Zielhafen 'Havanna' eingeschifft."
"Aber sie wollten doch nach USA," kann Jaques den Mund nicht halten.
"Das war zu dem Zeitpunkt nicht mehr möglich. 'Roosevelt' wollte keine Künstler, die auf Almosen angewiesen waren."
„Und ‚Einsteins' Einwanderungskasse mit Spendengeldern war zu diesem Zeitpunkt restlos geplündert."
"Sie sind ein Jahr nach euch im Mai nach Kuba ausgelaufen," berichtet Benni weiter.

"Das ist ja ein Katzensprung von 'Hispaniola' entfernt. Das hätte ich wissen müssen. Ich hätte sie sicher gefunden. Wer weiß, vielleicht gibt es auf der Nachbarinsel noch ein paar Halbgeschwister. So ein paar Greise wie uns."
Bennie zieht immerzu an seiner Zigarre, betrachtet sie,
"es ist zu feucht hier draußen," fährt fort,
"sie sind im Juli 1939 in Kuba angekommen. Es war fürchterlich heiß."
"Ok es war heiß und weiter?"
‚Na endlich lässt er ihn mal zu Wort kommen' murmelte Harrie in seinen Bart hinein. Isabell gestikulierte, ‚lass ihn doch'. Bennie fuhr fort,
"es war eine Sonderfahrt. Über acht bis neunhundert deutsche Auswanderer mit dem Zielhafen Havanna befanden sich an Bord. Ein Luxusdampfer mit allen Schikanen, der in Cherbourg und Southampton auch noch Passagiere aufnahm. Reiche Amis machten sonst auf diesem Schiff ihre Karibik Kreuzfahrten. Genauso lustig schien es auch loszugehen während der zehn Tage auf dem Wasser. Da war jeden Abend Party. Als sie in Havanna eingelaufen sind, fanden Passagiere sich im Büro des Bordtelegrafisten ein. Auch Paul Miron stand in der Schlange der Wartenden, um ihre Angehörigen in Kuba über die bevorstehende Ankunft zu unterrichten."
Während der warme Regen die Sicht zum Meer in Längsstreifen einschränkt, berichtet Bennie über die Geschehnisse und die Zusammenhänge. Alle waren sind sich einig, dass sich die Amis bis heute als Weltpolizei aufspielen.
In der Veranda war es still geworden. Kein Regen prasselte mehr. Leichte Sonnenstrahlen kamen zum Vorschein.

Ihm wurde jetzt klar, er wollte es nicht aussprechen, eine Zeit lang begutachte er seine Zigarre, dann flossen die Gedanken wie von selbst aus ihm heraus:

"Ruth gehörte nicht zu den Überlebenden,"
Jaques und Harrie schauten sich an, als blieben ihre Blicke stehen. Als wollten beide sagen, ‚wieso wussten wir nichts von all dem!!
Bennie bestätigte mit Kopfschütteln, machte eine Pause, ging in sich und ergänzte:
"Erinnern allein genügt nicht. Es bedarf der aktiven Kraft einer Auseinandersetzung um neue Bewegungen entsprechend zu konfrontieren. Wichtig ist es, die Geschehnisse von damals zu thematisieren, vor allem darstellen, wohin diese Haltung geführt hat,"
Jaques: „Schlaues Geschwätz!"
Bennie ergänzt,
„ich meine damit, dass niemand was dazu gelernt hat. Heute ist alles noch genauso, wie es damals war."
Jetzt kann Isabell ihren Mund nicht halten und Haare raufend,
"das kann doch nur heißen, dass die menschenverachtende Ideologie weitergegeben wurde und immer noch in den Köpfen ist. Wir sind alle die Fortsetzung von Traumata anderer Leute. Wir sollten aufhören zu glauben, dass es unsere eigenen Traumata sind, die uns in unerwarteten Momenten heimsuchen wie irgendwelche Geister."
Als Isabells Smartphone einen leisen Ton von sich gab wurde sie abgelenkt, wischte übers Display und verschwand im Flur. Die Runde von Bennie, Martha, Johannes und Harrie hatte sich inzwischen eng zusammengefügt, und es war als suchten

wir die körperliche Nähe zueinander, um die Ereignisse gemeinsam zu tragen. - Doch dann ergibt ein Wort das andere und entwickelt sich zu einem emotionalen Schlagaustausch untereinander:

„Damals wurden alle rausgeworfen ... Sie war da. Er war da. Ich war da," Isabell hört es vom Flur aus. Die Runde ist laut geworden.

Im Wohnbereich der Suite ging Isabell ihrer E-Mails durch. Danach die neuen Fotos. Bei Jaques zuhause war ihr ein Foto an der Wand aufgefallen. Es war ein rot gerahmtes Schwarz-weiß Foto einer sehr hübschen jungen Frau.
Es hing inmitten einer Bilderwand von Erinnerungsfotos. Nur dieses eine Bild war rot gerahmt. Lilian Harvey. Ist das die Golda? Sie hatte es einfach abfotografiert für Artikel.
Isabell spürt Harrie neben sich.
"Da ist sie ja, die 'Goldie' die spätere Ministerpräsidentin, ich hatte sie bei euch zuhause in Sosua einfach an der Wand fotografiert,"
"so wie wir sie aus den Geschichtsbüchern kennen", ergänzte Harrie.
"Die beiden hatten sich noch regelmäßig geschrieben."
"Hat sie geantwortet?"
"Keine Ahnung. Wahrscheinlich nur selten. Das Bild stammt aus der New York Times. Er hatte sie bis zum Schluss verehrt".

Isabell stemmt ihre linke Hand auf die Hüfte, dabei grient sie ihn an, "immerhin hat sie eure Weichen gestellt."

Dann überkommt sie ein noch breiteres Grinsen, und denkt, hatte er vielleicht aus Versehen das Bild von Lilian Harvey ausgeschnitten, denn so hübsch war sie sicher nicht,
„aber das könnte auch Lilian Harvey sein."

Ein Jahr später

Ein Jahr später in München
In Isabells Wohnung liegen sämtliche Notizen und Zettel lose auf einem unaufgeräumten Schreibtisch, sie fliegen genauso lose umher, wie damals auf der Terrasse in Sosúa, als Harrie ihr zum ersten Mal begegnete. In Sosúa wären die Blätter davon geweht, wenn er sie nicht rechtzeitig aufgefangen hätte. Heute gibt er ihr schlaue Ratschläge wie:
„Wir dürfen nicht vergessen, die Erzählung muss zu einem Handeln führen, wenn sie nicht ohne Wirkung sein will."
Schon gut ..., denkt sie sich, hat ihr Fenster im PC gerade aufgerufen. Das Bild der Tageszeitung WZ ‚Gesellschaft' erscheint. Beim Eintippen der Überschrift ‚Novelle eines Zeitzeugen ...' guckt Harrie ihr über die Schulter, denkt mit:
"Wenn Jaques kurz vor dem Weltkrieg im Jahre 1938 zwölf war, dann ist er ... 1926 geboren und sein Vater Jacob ca. 25 Jahre früher, so wie seine Goldie, um 1900 rum."
Sie unterbricht kurz.
„Und ich habe ihn zufällig am Fluss getroffen."
„Nee, du hast mich zuerst im Hotel getroffen und danach habe ich dich mit ihm bekannt gemacht. Du bist über seine Angelleine gestolpert."
„Ach ja", erinnert sie sich, „alte Leute sieht man nicht. Aber sie gehören zum Fluss des Lebens, alles fließt an dir vorbei, wenn du es fließen lässt, wirst du von dem Fluss getragen. Er trägt dich durch Veränderungen hindurch. Du musst ihm nur vertrauen. Schlaue Worte, dachte ich zuerst; wie Recht er doch damit hatte."

Harrie bestätigt sie, „das Engagement in Évian fand genau zur richtigen Zeit am richtigen Ort statt."
Er hat sich in die Küche verzogen und eine Spaghetti Mahlzeit zubereitet. Auf den dampfenden Teigwaren zerläuft der Käse.
„Es riecht nach Knoblauch", schnuppert Isabell.
Er platziert zwei dampfende Mahlzeiten auf dem Esstisch.
„Dieser Auftritt im Hotel Royal führte die entscheidende Wende herbei."
Die Gabel umwickelt mit einer Ladung Spaghetti passt kaum in seinen Mund hinein. Im Hintergrund läuft ein Fernsehbeitrag zum verliehenen Musik Preis. Er kann gar nicht schnell genug kauen, um dem Kommentar seiner hochkochenden Emotionen freien Lauf zu lassen.
„Da! Sie hin! Die Kunst der Unterschicht. Sie verkünden das neue Grundgesetz der Straße." Gemeint ist eine Rapper Band.
Ein Wort ergibt das andere:
„Du solltest deinen Mund nicht so vollstopfen, wenn du mit mir sprichst!"
Seine feuchte Aussprache hindert ihn nicht daran, fortzufahren über die zughängten ...

Harrie hält ihr einen Vortrag über diese Touristen aus Arabien, die angeblich ein halbes Vermögen in Europa lassen. Will sie unbedingt dazu bringen, darüber zu schreiben, meint, sie bringen ein Multivermögen nach Europa und schlimmer noch, sie könnten seiner Ansicht nach ganze Völker von der Armut befreien, anstatt ihren ganzen Hofstaat in Europa antanzen zu lassen.
Dann versucht er sich zu beruhigen, fährt aber fort mit seinen Beobachtungen, die er aus der Presse kennt und sich dabei bildlich vorstellt:

„Wenn du sie auf der Straße triffst, sind sie zugehängt mit einem schwarzen Zelt."
Woher er das wissen will, versucht sie vergeblich zu hinterfragen, legt ihr Besteck zur Seite und lehnt sich beobachtend zurück, während er fortfährt mit,
„wenn du sie auf der Straße triffst, sind sie zugehängt mit einem schwarzen Zelt." Mit ihrem Multivermögen könnten sie ganze Völker von der Armut befreien. Stattdessen tanzen sie hier mit ihrem Hofstaat an und belegen Wohnraum, anstatt ins Hotel zu gehen."
„Das kann ich nicht schreiben!"
Mit der Gabel fuchtelnd: „Mehr noch, sie kaufen sich neue Zähne und Titanhüftgelenke und behängen Tussis mit Dior Fummel und teurer Kosmetik. Die Parfümerieverkäuferinnen lernen arabisch, um sie besser bedienen zu können, - habe ich auch irgendwo gelesen."

„Das ist ein gesamtgesellschaftliches Thema und muss auch so behandelt werden. Man muss diesen Menschen unsere Werte rüberbringen."
„Tu doch nicht so heilig! Warum kann man das denn nicht beim Namen nennen!"
„Aber das kann man doch,"
„kann man eben nicht! Leute mit diesem Gedankengut landen sofort in einer Schublade."
„Das denkst nur du," versucht sie ihn zu beschwichtigen,
Harrie: „Du meinst, da muss ein Bewusstsein geschaffen werden.
„Aber sind das nicht einfach nur Doofis? Und Doofis gibts überall in Europa."
„Ich wusste gar nicht, dass du so ein ‚Gutmensch' bist."
Irgendwie entgleitet ihr das emotionale Gedankengut von Harrie. Sie nutzt die Gelegenheit, um die leeren Teller in die

Küche zu tragen, in der Hoffnung, das Thema sei jetzt erledigt. In ihrem Bericht geht es ihr schließlich um etwas anderes. Weder um Rapper noch um Araber.
„Diese Themen entstehen immer bei großen Umbrüchen," setzt sie an, er fährt dazwischen,
„es geht eigentlich gar nicht um die Menschen. Es geht um Macht. Um Wirtschaft und um sonst nix. Die Europäer liefern denen Panzer. Das bringt Geld." Dann fährt er fort:
„Und diese Typen macht keiner an."
„Und mich auch nicht! Hör jetzt auf damit!"
Die Wohnungstür klappt von außen zu. Damit ist für Isabell das Thema erstmal beendet. Der Fernseher läuft inzwischen ohne Ton.

Die Preisverleihung der Musik läuft im Hintergrund weiter, Harrie behält die Sendung weiter im Auge, während er seinen PC einschaltet und sein Skype zu Jaques aufruft.
Mittlerweile ist das Bild vom alten Jaques im PC erscheinen und Harrie fällt mit der Tür ins Haus:
„Da kommt ein Zeitzeuge und findet dieselbe Thematik vor wie damals, ... damals als ihr davongejagt wurdet! Wie siehst du das? Schließlich geht es ja um dich in Isabells Artikel."
„Was ich meine?" Holt tief Luft, bläst seine Backen auf, als wolle er Harrie anpusten, „vieles gefällt mir bei Euch nicht. Aber ich, mein lieber Harrie, muss diese Themen nicht mehr lösen."
„Richtig du bist über neunzig."
„Ich bin einiges über neunzig. Und ich kokettiere immer noch mit meinem Alter. Ich will keine Feier zu einem runden Jubiläum. Mag ich nicht. Überhaupt nicht, will nur Spaß haben. Und das steht mir zu. Das wünsche ich mir zu meinem Ehrentag oder genauer gesagt anlässlich meines Jubiläums. Ich würde so gern mal wieder in eine Disco gehen, zu den jungen

Leuten. Aber - aber - so einen Opa-Stones wollen die nicht bei sich haben."
„Die Typen sind dreißig Jahre jünger als Du. Du bist kein Opa Stones, du bist Uropa Stones."
„Schon gut. Eher werden die Stones nochmal in echt und bekifft akzeptiert. Aber ein gleichaltriger, Opa oder Uropa ist jetzt egal sprengt die Toleranzgrenze bei weitem. Schade. Warum eigentlich. Warum darf man denn nicht alt sein? Sehe doch noch ganz manierlich aus - von weitem -, bin noch ganz schlank. Schlanker als manch ein junger Mann. Aber da ist noch was anderes. Mir geistert - und vielleicht sind es die Geister meiner Lieben, die sich bereits jenseits befinden - der eine oder andere durch mein Gemüt. Dann stelle ich mir vor, wie einfach es doch ist. Sie sind einfach weg und haben sich in feinstoffliche Energie verwandelt, wobei das Wort ‚einfach' sicher nicht stimmt. Das Verabschieden wäre sicherlich schwer. Das Wahrhaben, sich verabschieden zu müssen und das für immer, das ist ein Zustand, den ich in Worte zu fassen fast unfähig bin. Auszudrücken, was für eine Flut von Emotionen, über einen Menschen herzufallen scheinen, wenn er sich bewusst in einer Ablösungsphase vom Hier und Jetzt befindet versuche ich mir täglich vorzustellen.
Oft stelle ich mir vor, wie es wohl sein könnte. Fühle bewusst meinen Körper und frage ihn nach meinem tiefen Gefühl in mir drin. Frage ihn, ob ich mich selbst loslassen könnte. Loslassen zu einer Reise, die in die Unendlichkeit führe, sobald sie die irdische Endlichkeit hinter sich gelassen hat. All das stell ich mir harmonisch vor. Sozusagen aus der Erfüllung eines Lebens heraus sich bewusst in eine neue Freiheit zu begeben. Sich aufzulösen. Bereit sein in diese Freiheit einzutreten und den Körper, seine Gestalt mit allem was dazu gehört einem uns unbekannten Nichts zu übergeben, denn nur so kann die

Seele ihre Freiheit finden, so sagen es fernöstliche Philosophien."
„Naja, du bleibst noch ein paar Jährchen."
„Das sagt man immer, wenn man darüber nicht sprechen will. Aber einen Gedanken werde ich einfach nicht los. Damals als ich dreizehn Jahre alt war, sind wir aus Deutschland geflüchtet, weil wir Angst um unser Leben hatten. Weil wir leben wollten, sind wir geflüchtet. Heute mit x - und neunzig Jahren darf ich mich in Deutschland nicht für das Jenseits entscheiden. Selbst wenn meine natürliche Uhr abläuft, ich mich mit dem Verlassen von unserem Planeten seelisch und körperlich Eins fühlte, selbst dann würde ich in diesem Prozess gestört werden. Mein Prozess würde vehement von medizinischer Seite her unterbrochen werden. Ich würde hier festgehalten, egal ob neunundneunzig oder hundert."
Harrie versucht seine Worte zu analysieren,
„die Quintessenz wäre dann, damals wolltest du nicht ‚gehen' und jetzt dürftest du nicht ‚gehen'."

Epilog

... aber das könnte auch eine Lilian Harvey sein ...
Er verwechselte die Bilder bis zum Schluss. Die New York Times schrieb über LIlian Harvey genauso wie über Golda Mabowitz. Lilian war ein berühmter Filmstar und Golda war eine Journalistin. Beide lebten damals in Amerika. Für Jaques war es einfach nur ein hübsches Foto, das sein Vater Jacob zur Erinnerung aus einer Zeitung ausgeschnitten hatte. Es hing in seinem Hausflur in Sosúa rot gerahmt neben den tanzenden ‚Amoretten', an denen Jacobs Blick oft heften blieb und in gefühlvollen Erinnerungen verweilte. Ihm wurde warm ums Herz. Sie war noch sehr jung auf dem Bild.
Auch Jaques Blicke verfestigten sich gerne an der Bildergalerie. Nicht selten ließ er seinen Gedanken freien Lauf zu den Mythen: ‚Schon in den Mythen verkörperten Engel jene Geistwesen, die unsere Seele in eine feinstoffliche Energie verwandeln. Für Jaques symbolisieren sie den Idealzustand des Menschen. Einen Zustand wie im Garten Eden.' Jetzt fehlt nur noch der Spinoza, würde Harrie jetzt zu ihm sagen. Er ist ja auch schon alt wie Methusalem und er würde ihm zur Antwort geben, ach! Mein lieber Harrie, solche Gedanken hast du nur, wenn du kurz vor dem Himmelstor stehst.

GLOSSAR

Azimut 62fly
Luxus-Motoryacht des Vermögenden Zeitzeugen Benni befindet sich in der Anlegestelle von Sosúa. Sie ist das Vehikel der Fahrt von Sosúa nach Mustique.

Chiquita
Chiquita ist der Name der ehemaligen Bananenplantage am Strand von Sosúa. Das damalige Unternehmen *Fruit of the Loom* verkaufte das Stück Land für ein Spottpreis an Präsident Trujillo, damit er im Auftrag von Präsident Roosevelt dort deutsche Flüchtlinge aufnimmt.
Heute ist Sosúa ein Urlaubsort in der Nähe von Puerto Plata im Norden der Insel Hispaniola.

Comedian Harmonists
Die Comedian Harmonists galten als ein Berliner Vokalensemble, das sich 1935 in ihrer originalen Besetzung auflöste. (Die Romanfigur wurde für einer Nachfolgergruppe engagiert, die allabendlich in Évian-les-Bains auftraten. Sie sangen im selben Hotel wo auch das Évian Comité 1938 tagte.)

Cotton House
Ein Luxus-Resort am weißen Sandstrand von Mustique

Évian Comite
Das Évian Comité fand im Juli 1938 in Évian-les-Bains in Frankreich am Genfer See statt. Es wurde auf Initiative von Präsident Roosevelt mit Vertretern aus 32 Staaten einberufen. Ziel war es die hohen Flüchtlingszahlen aus Deutschland und Österreich international zu verteilen. Lediglich der dominikanische Präsident Trujillo erklärte sich zur Aufnahme bereit.

Évian les bains
Évian-les-Bains gilt heute als ein Wellness-Ziel in Frankreich und ist bekannt durch sein Mineralwasser und liegt am Südufer des Genfer Sees.

Goldie Mabovitch
Goldie Mabovitch wurde von Präsident Roosevelt zum als Journalistin für Palästina zum Èvian Comité abgesandt. Bekannt wurde sie später als Ministerpräsidentin von Israel unter dem Namen Golda Meir.

Hispaniola
Die Insel Hispaniola wurde von Christoph Kolumbus 1492 entdeckt. Sie ist die zweitgrößte Insel im Norden der Großen Antillen und ist aufgeteilt in Haiti und die Dominikanische Republik. Im Norden der Dominikanischen Republik befindet sich Sosúa.

Hotel Royal
Das Hotel Royal befindet sich hoch oben über dem Stadtzentrum mit Blick über Évian und den Genfer See in einem riesigen Park. Hier fand das Évian-Comité im Jahre 1938 statt.

Kapitän Schröder
Gustav Schröder war der Kapitän, der eine Havarie mit der St. Louis vortäuschte, um im Jahr 1939 über neunhundert Passagieren den Zugriff von der Deutschen zu retten.
Er erhielt ein Denkmal in Hamburg, das auch vom Bundeskanzler Willi Brand besucht wurde.

Lilian Harvey
Lilian Harvey war eine Filmschauspielerin, die durch den Film *die drei von der Tankstelle* bekannt wurde und gehörte in den dreißiger Jahren zu den beliebtesten Filmstars Deutschlands.

Mustique
Mustique ist eine Privatinsel. Sie liegt im Südkaribischen Meer. Sie ist 4,8 Kilometer lang und 2,3 Kilometer breit insgesamt 5,7 Quadratkilometer groß mit dem 183 m hohen Toucan Hill und wird in erster Linie von Prominenten bewohnt.

Rafael Trujillo
war ein dominikanischer Politiker und Diktator der Dominikanischen Republik und regierte von 1930 bis 1961

Roosevelt
Franklin Delano Roosevelt war vom 04. März 1933 bis zum 12. April der 32. Präsident der Vereinigten Staaten. Er gehörte der Demokratischen Partei an und kam aus einer wohlhabenden Familie des Bundesstaates New York. Verheiratet war Roosevelt mit seiner Cousine Eleanor Roosevelt, die bei seiner Heirat denselben Namen trug.
Den Präsidenten Trujillo der Dominikanischen Republik sandte er in seinem Namen zu den Évian-Comités nach Frankreich.

Sosúa
Zu einem Urlaubsort für Touristen entwickelte Stadt im Norden der Dominikanischen Republik, wo sich immer noch einige Zeitzeugen der dreißiger und vierziger Jahre befinden.

Spinoza
Baruch de Spinoza kam aus Portugal und lebte in Holland. Er war ein Sohn sephardischer Immigranten. Er galt seinerzeit als ein Begründer der modernen Bibel- und Religionskritik.

St. Louis
Ein Passagierschiff der Hamburg-Amerika-Linie aus den dreißiger Jahren. Es wurde auch für Flüchtlingstransporte nach Übersee eingesetzt.

Tanz der Amoretten
Titelbild: Francesco Albani war ein italienischer Maler der Bologneser Schule im sechzehnten Jahrhundert.

Inhaltsangabe	Jahreszahl	Seite
Handelnde Personen		5
Prolog		8
Jacob Jaques und Harrie	**2020**	
Am Pool Isabell trifft Harrie	**2020**	11
Damals in München Rückblick	1938	26
Bügeleisen	1938	
Schach mit Aron	1938	
Veranda in Sosúa	**2020**	34
Als Mutter Aron traf	1938	44
Letzte Erinnerung an Paul Miron	1938	
Dann kam Golda Èvian les Bains / Hotel Royal	1938	
Comedian Harmonists	1938	
Es war nicht Lilian, sondern Golda	1938	
Golda hört gespannt zu	1938	
Golda spricht mit Trujillo	1938	
Veranda Sosúa	**2020**	86
Golda spricht mit Trujillo	1938	
Dialog am Genfer See	1938	
Nur noch wenige Tage im Comité	1938	
Es ist der Beutetrieb …	1938	
Veranda Sosúa	**2020**	103
Es ist der Beutetrieb …	1938	
Veranda	**2020**	
Überseepassage Vater und Jaques …	1938	104
… Veranda	**2020**	105
… Überseepassage Vater und Jaques	1938	109
… Veranda	**2020**	
Miss Liberty	1938	
… Veranda	**2020**	
… Motorjacht -Am Strand Mustique -	**2020**	125
… Überseepassage Vater und Jaques	1938	

Inhaltsangabe	Jahreszahl	Seite
Die achtziger Jahre	1981	
Demut ist eine Trauer und keine Tugend	1938	
Roosevelt verhökert Flüchtlinge an Trujillo	1938	
2020 Motorjacht Mustique	**2020**	138
Hispaniola	1938	140
St. Louis' - Verbleib der Mutter des Ich-Erzählers -	1939	141
Motorjacht Mustique	**2020**	155
Hispaniola	1938	162
Die achtziger Jahre - Tilda (Mathilda) -	1981	164
Martha und Johannes sechziger Jahre	1966	164
Mustique Suite Meeresblick	**2020**	169
Ein Jahr später	**2021**	188
Epilog		194
Glossar		195